张炜中篇系列

秋天的思索

张 炜 / 著

人民文学出版社

图书在版编目（CIP）数据

秋天的思索/张炜著．——北京：人民文学出版社，2018
（张炜中篇系列）
ISBN 978-7-02-014325-2

Ⅰ.①秋… Ⅱ.①张… Ⅲ.①中篇小说—中国—当代 Ⅳ.① I247.5

中国版本图书馆 CIP 数据核字（2018）第 156902 号

责任编辑	李　磊
装帧设计	崔欣晔
责任印制	徐　冉

出版发行	人民文学出版社
社　　址	北京市朝内大街 166 号
邮政编码	100705
网　　址	http://www.rw-cn.com
印　　刷	中煤（北京）印务有限公司
经　　销	全国新华书店等
字　　数	73 千字
开　　本	880 毫米×1230 毫米　1/32
印　　张	5.5　插页 2
印　　数	1—5000
版　　次	2018 年 11 月北京第 1 版
印　　次	2018 年 11 月第 1 次印刷
书　　号	978-7-02-014325-2
定　　价	36.00 元

如有印装质量问题，请与本社图书销售中心调换。电话：010-65233595

张 炜

当代作家。山东省栖霞市人,1956年出生于龙口市。1975年开始发表作品。

2014年出版《张炜文集》48卷。作品译为英、日、法、韩、德、塞、西、瑞典、俄、阿、土等多种文字。

著有长篇小说《古船》《九月寓言》《刺猬歌》《你在高原》《独药师》《艾约堡秘史》等21部,创作有中篇小说《蘑菇七种》《秋天的思索》等若干。

目 录

秋天的思索 ___ 1

附：
大地负载之物 ___ 115

秋天的思索

一

去年秋天,葡萄熟得很快。今年的葡萄仿佛永远是青绿的颗粒儿,很酸。

可是,就有人喜欢这股酸味儿。看守葡萄园成了一桩大事。如今的园子是由三十六户合伙包种下来的,他们就给看葡萄园的买来一杆猎枪。

猎枪是双筒的。买来的第三天上,看园子的老得("得"字读做 děi)才知道怎样使用。他很高兴地将上了黄油漆(他认为是"火漆")的枪身用手撸了两下,拍一拍,放到了小茅屋的墙角上。然后找来一张八开的绿纸，写了一张"告示"，贴到了葡萄园边的大杨树上：

> 任何想偷葡萄的人都要注意，看葡萄园的人新买来双筒猎枪，见贼就放，决不留情。枪是钢枪，上了火漆，特此告知。

告示贴出的当天，园里做活的纷纷来茅屋里找老得。来的大多是上了年纪的人，劝他："老得呀，人命关天，可不能为一串葡萄打死了人啊！"

老得二十六七岁，奇瘦，个子很高，走起路来一拧一拧，人送外号"水蛇腰"。他的脸也很长，仔细端量起来，下巴似乎还有些歪。人们一句一句劝他时，他就蹲在屋角上，两只眼睛盯住地上一片草叶儿，不说一句话。人们又劝了一会儿，知道他是不会说话的了，就离开了屋子。可是他们走出不远，老得也出来了，站在门口，一手撑在门框上说：

"有心做贼，打死莫怨！枪是钢枪，上了火漆……"

所有人都愣愣地站住了，回头望着老得。

老得说完就回屋去了，还用力地将门使上了闩。

秋风轻轻吹着茅屋的草顶，发出籁籁的声音。早晨的露水还没有消去，趁风溜下窗外的葡萄叶片，沙沙地滴下来，像雨。老蝈蝈大约有什么心事，一大早就躲在树叶下唱，那调子显得深沉而悠远。老得在一张小白木桌儿前坐了，用手搓揉着那双涩涩的眼睛。

他看了一夜葡萄园，可是他这会儿并不想躺到炕上，眼睛发涩，搓揉一下就好了。他一般都在靠近中午时，用被子蒙住头睡上一两个钟头。他现在只是伏在桌子上，瞅着那个刻满了刀痕的桌面想心事。过了一会儿，他从抽屉里摸出一叠儿纸，又从衣兜里掏出一截儿铅笔，用力地写起了什么。

老得这个年轻人睡得很少。也许正是因为这个，他才被安排来看护葡萄园的。真是个美差！老得可以在秋天里尽情地吃那些甜蜜的黑紫黑紫的颗粒了！他在架子下一扭一扭地走着，东瞅一眼，西瞅一眼，满眼里都是绿色的叶子、黑紫的葡萄。他老想唱歌，可是他不会。他高兴的时候，只是将那个长长的、柔软的腰扭动得幅度更大一些……

这时，老得坐在桌前，头也不抬，铅笔"哧哧"地刮着白纸。写了一会儿，他抬头瞅着那几张写满了字的纸，"嘿嘿"地叫着，兴奋得腰身又扭动了起来。

屋门给踢了一下，老得一惊，迅速将桌面上的东西都揽到了抽屉里去。

"谁呀？"老得不耐烦地问了一句。

屋外是脆生生的姑娘的声音："是我！你个死老得就知道闩门——开、开、开！"

老得听出是葡萄园会计小雨的声音，眉头皱了一下，说："我要睡觉。"

"开、开、开！"小雨就像什么也没有听见，只管踢门。

老得没有办法，他嫌脏似的先将手在裤子上抹了几下，然后拉开了木闩。

小雨跳了进来，一进门就四下里看，一双眼睛滴溜溜的。老得问："你找什么？"

小雨也不回答，掀了掀木桌，揭了炕上的被子，最后在炕头的小夹道里踹着，踹开一个破被套，拿出了那支崭新的猎枪。她笑眉笑眼地端量着，露出了两排雪白晶亮的小牙。她说："嘻嘻，两个筒的呀！……"

老得蹲在屋角，两眼瞅着地上的一片草叶儿。

小雨将手指一个一个挨着往枪筒里捅，嘴里说着："哼哼，你说笑不笑死个人！……"

老得真不知道这有什么好笑的。

小雨抚摸了一会儿猎枪，突然板起脸来问道："你买了猎枪，怎么就不告诉我一声呢？"

老得不吱声，只是立起身来，伸手去取枪。她一撇嘴，把枪藏到了身后。老得只好重新蹲下。小雨说："这是我爸批准给你买的——他批准了，有人才把这枪给你买来。别不知好歹！我跟我爸说一句，这枪也许就收回了。你以后放枪时叫上我吧？"

老得脖子有些红涨。他眯起一只眼睛端量着她。

她二十刚多一点，或许还不满二十呢。穿着风衣——乡下姑娘如今也穿风衣。长得真好看，乡下姑娘也长这么好看。可惜只是好看，不算聪明。聪明还能连初中也考不上吗？老得可是初中毕业，他往往瞧不起学历较低的人。

小雨并没注意老得在看她，只是咕哝着："我爸批准买这猎枪，我爸说了，有枪和没有枪就不一样！就不一样！我爸……"

老得站起来说："你爸，你爸也不是很好的人。你一口一口'你爸'。"

小雨两根描过的眉头一皱，一抖，嗓子尖尖地喝了一声，"唰"地将枪从身后倒过来，对准了老得。

老得一动不动地叉着腰，两眼盯住枪口看着。他清清楚楚知道枪膛里没有火药，可他的目光里还是有一丝畏惧。他说："我对你爸，还是有很大意见。"

小雨怒喝道："不准有意见！"

"压而不服。"老得又说。

"不准动！"小雨抖了抖枪身。

老得的腰一丝也不敢扭了。他又蹲下去。蹲了一会儿，脖子突然又红涨起来。忽地，他站直身子，一伸手将枪夺到了怀里，然后伸出那只又黑又大的巴掌，按到小雨又软又细的腰上，用力推了一下。只一下，小雨就给推到了门外。她在门外大骂，并随手捡起一块砖头。老得干脆利落地关了门，将骂声、喊声，将一切烦恼关在了门外。

他再也无心写东西了，也无心睡觉，拉开抽屉，取出了他刚才写过的一叠儿信纸，默默地看了一会儿，又放回了原处。他骂了一句：

"王三江，挨钢枪！"

二

王三江是小雨的父亲，民主选举中落选了的大队长。

从前，他也算乡间的一个"大人物"了，跺跺脚，满村的地皮都要颤动。落选了，突然失了威风，他就整天把自己关在家里……土地开始承包了，海滩葡萄园虽有三十六户报了名，但因为没有领头的，迟迟没能签订承包合同。谁都知道负责这片园子的艰难：它需要和果品公司、酒厂、农药厂等单位搞好关系，需要有人为它奔波，万一有点闪失，那损失将会有几万元、十几万元！仅这一点，就吓退了一般庄稼人。

正这时候,一直不露面的王三江走上了街头。

人们很难忘掉那天的情景:老人们正懒散散地蹲在墙根下吸着烟晒太阳,突然有个又高又大的黑汉顺着街筒子走来。老人们一齐惊讶地仰起脸来:这不是王三江吗?他肩膀上搭着一件黑衣服,摇晃着肥胖的身躯,慢吞吞地往大队部走去,显出十分悠闲的样子……

后来人们才知道:他是去承包葡萄园的,自愿代表三十六户,伸出了那根肉嘟嘟的食指,在承包合同上使劲按了一下。

王三江很快把当年做大队长时搞熟的门路全利用起来。又让三十六户用力地做,葡萄园果然有了不少起色。结果第一个秋天,收入就超出承包额近一倍,三十六户欢笑起来,王三江却不动声色。他只从超产中抽出一小部分平均分配,其余的全部交公。这真有些冤枉:河西葡萄园的葡萄树小,总收入还比不上他们,可人家手里的钱却比他们多!三十六户找王三江吵架,王三江说:"农民意识!以后再没有秋天了吗?只要你们跟着我王三江好好干!"说着,他把那只红润润的大巴掌果断地一挥……

这个王三江真是个奇怪人物。他做大队长时霸道和暴躁是有名的,如今却很少发火。他似乎永远将一件黑色中山装斜披在肩膀上,一晃一晃地在葡萄架里走着。年轻人可能更喜欢他,有四五个小伙子常常跟在他后边。老得喜欢端量他那圆圆的大脸盘子:黑红黑红,渗着一层油汗,样子憨憨的——老得认为这正好说明了王三江的内秀,并且具有某种幽默感。他尤其觉得那件斜披着的衣服让人发笑。

可是后来发生了一件事情,使老得深深地吃了一惊。

他陷入了迷惑。他要重新揣摩王三江……

有个叫铁头叔的孤老头子,看了一辈子葡萄园,和老得做了好多年搭档。老得把他看作父亲一样,夜里守园子寒冷,就把细长的身子拱在老人温热的蓑衣下边……有一天,老得从葡萄架下钻出来,发现空旷沉寂的屋前空地上定定地站着两个人——铁头叔和王三江。

王三江还是斜披着衣服,双臂倒剪,一动不动地盯着铁头叔。他脸色阴沉,目光锐利。铁头叔也一动不动地站着,看着王三江。他胡须抖动,眼含愤怒。两个人不吱一声,连咳一声也没有。这场面很使老得诧异。

突然,老得发现王三江的牙齿磨动了一下,接着两眼射出一道歼灭性的光来——老得第一次看到这样的目光,差点惊慌地叫出来……王三江就这样定定地看着铁头叔,直看了老半天,然后才抖抖衣服,和从前一样地摇晃着走了……

老得愣愣地站在那儿。他看到铁头叔这时已经全身发抖,脸色铁青了。老得赶忙抱住老人问:"怎么啦?怎么啦?"老人摇着头没有作声,停了好长时间,才长长地舒了一口气:"他嫌我多嘴。我觉得他一笔账目不对,背后找人问了问,被他知道了……"

老得深深地吸了一口凉气……

接着,好多古怪事儿都落到了铁头叔身上。他一值班,园子里就丢东西;一次他在树下打瞌睡,有人把一个癞蛤蟆扔到了他头上;还有人骂他"吃里扒外"……铁头叔想离开园子了。

老得怎么劝阻都没有用，老人还是走了。他走时给老得留下了一件崭新的蓑衣和守夜狗大青……

老得眼睛都哭红了。他不明白王三江为什么用两束目光就能逼走铁头叔。那是一双什么样的眼睛啊！连他自己也不敢回忆那道目光了……

老得一个人睡在小茅屋里，睡梦中常见到茅屋的小门"吱扭扭"打开了，有一个又粗又黑的壮年汉子堵在门口，先是目光沉沉地逼视着他，然后就摇摇晃晃地一步一步走过来。他吓得大叫一声，醒了。醒来了，就再也睡不着了。

梦中常见的这个人，就是王三江。

他弄不明白，怎么也不能从梦中将这个黑汉赶开。甜甜的睡，就让黑汉给毁掉了。他有时实在困得不行，寂寞无聊，就搓揉着眼睛走出葡萄园，到海边上吹吹海风，看那些赤身裸体拉大网的人。

他有时想：要从梦中赶开这个黑汉，首先必须敌得住他的眼睛。铁头叔看了一辈子葡萄园，那身上的筋脉被风雨磨韧了，尚且敌不住那双眼睛！他想这里面会有什么缘故的，需要好好寻思一下。……往常老得看了一夜园子，早晨跟在铁头叔的后边，手扯着大青的铁链从一片早霞里走出来，高高地呼唤几声，扭动几下腰身，别提有多么惬意和舒畅！可是后来就不行了。他一个人走在架空里，老觉得四周那么憋闷，似乎有什么东西要逼近过来。他几次猛地转过身去，都发现园里静静的，什么也没有。老得自己也感到奇怪了。他实在弄不明白这是怎么回事儿。有一次他看到王三江斜披着黑衣服，摇摇晃晃从葡萄架下走过，就猛地拍了一下大腿：毛病就出在这个黑汉身上！那种奇怪的感觉就是从他身上来的！

  老得弄清了这个缘故，连自己也吃了一惊。他不明白这个黑汉子怎么就会有这种神奇的作用。要敌得住他，只有弄明白里面的"原理"——老得记得在学校读书，数理课本上常有"原理"。他想世上的大小事情也都会有个"原理"的！老得绞拧着眉头，苦苦地思索着。他有时能够远远地盯住那个斜披衣服的身影，半天也不动一下……他又想起了那两束可怕的目光。他咬着牙。他想终会有一天制住这个黑汉的，现在要紧的是先弄明白里面的"原理"！……

老得像害了病一样。他整天牵着大青,步子蹒跚地走在葡萄园里。他的头发蓬乱,两眼无神,鼻子两侧挂着两小片污垢。他不想吃饭,只是忘不了喂大青。大青平常是活蹦乱跳的,可是这会儿也蔫蔫地垂着头,尾巴夹在两条后腿中间,步子迈得松松垮垮。

有一次他正走着,遇上王三江迎面过来。老得的眼睛立刻放出了两束光,下巴收紧,用力压在锁骨上,那目光就往上射出,显得眼白很大。他就这样鼓足勇气,瞪着一双眼睛,迎着王三江走了过去。

王三江倒被这副样子逗笑了。他嘿嘿笑着,刚要说什么,可是又立刻闭上了嘴巴。王三江发现这目光里闪烁着仇恨!他禁不住"哼"了一声,警惕地退开一步。

老得说话了,那字是一个一个从牙缝里挤出来的,断断续续:"你……欺负……铁头……叔!"

王三江气愤地挥起了巴掌。可是老得也不示弱,他手里牵着大青的铁链,正好余出一截,就奋力向着王三江抡去。王三江一躲,同时伸出右手,五指并拢,往左上方举、举,直举到左肩膀上方,才狠狠往下一砍。只一下就将老得砍倒在地上。……王三江盯着躺倒的老得骂了一句：

"一个古怪……东西！"

老得第一次尝到王三江的威力。他那立起的手掌，侧面如同一把钝钝的刀子，砍来着实厉害。这沉重的一击，使老得很长时间不敢去寻思那个"原理"。葡萄开花了，结果了，老得精心地守护着，只是再也不敢去琢磨怎样制住黑汉——王三江的一掌，使他的思辨进程足足推迟了两个月！……可是他敢恨他。他常常面对大青，藏在深深的葡萄叶子里说话。他认真地告诉大青："记住，是王三江气走了你家铁头叔的！"大青摇摇尾巴，悲哀而丧气地点点头，似乎是听明白了。

老得还有一点怎么也弄不明白的地方，这就是小雨了。他不知道小雨怎么会生成这样。她太白了，白得像阳光，让人不敢定神凝视，真正是耀眼的白。那腰也真细，圆圆的，老是引逗老得要伸手去摸。可是他不屑于一摸。他离小雨远远的。他怕小雨身上沾了和她爸一样的毒气。小雨也真是天下第一个"妖女"：永远不像个大姑娘，娇滴滴，脆生生，想笑就笑，想骂就骂，倚仗她爸的威力，走路也想横行！她必定描了眼眉才肯出来，必定是每天都要骂人的。可是，她骂老得，老得却觉得她可恨的程度也有限。她又坏又天真。

总之，老得认为，王三江能有小雨这么个姑娘，是十分奇怪的事情。

王小雨是葡萄园的会计。明白人都知道这里不需要什么专职会计。可是她愿意大模大样地"办公"，她的办公桌就安在老得的隔壁。那儿清静又卫生，还有一张床，可以偶尔留下过夜。

老得最恼恨的就是她在这儿过夜。那时他要待在葡萄园子深处守夜。他要牵上大青，披上蓑衣，依偎在一棵老葡萄树下。可是这时候的小雨喜欢站在茅屋前的空地上唱歌。她唱得很多，很杂，一会儿是《军港之夜》，一会儿是《松花江上》，有时竟唱起一首十分陈旧的歌："天上布满星，月牙儿亮晶晶，生产队里开大会，诉苦把冤伸……"那尖尖的声音在夜空里飘散，悲凄而又哀怨，使老得一个人待在黑夜里，怪害怕的。每逢这时他就思念起铁头叔了,思念着他们一起守夜的那些日子。

该有一个和他做伴的人了。可是这个人总也没来。

老得想:也许是葡萄还青绿的缘故。可他转而又想:青绿的葡萄也要丢失啊!

倒是新买的猎枪给了他不少慰藉。他白天将双筒猎枪包在一床破棉絮里;到了晚上,就抱着它,一夜嗅着枪身上那股淡淡的油漆味儿……

三

早晨,乌蓝鸟最先叫了一声。乌蓝是最伶俐的歌手,它常在早晨蹲上葡萄架,默默地歇息一会儿,吸足了新鲜香甜的空气,再一跃而起,在葡萄园上空那片绚烂的彩霞里飞动。它永远在不停地跃动,不停地歌唱。

风吹动着千万片葡萄叶儿,那一面泛白、一面黑绿的大叶片儿每扭动一下，都要显露出一串硕大的葡萄穗儿。风是香的。阳光照在穗串上，叶子上，古铜色的老藤蔓上，使一切都变红了，变得羞答答的。架子将空中彩色的光束切割成更细的光束，投到不同的方向，均匀地落在园子里的每个角落。葡萄架是一把"光的喷壶嘴"。一个个葡萄园在大海滩上伸展开去，没有边缘，似一片深远莫测的海，一片旷大无边的森林。红色的雾气笼罩在这片绿海之上，给它增添了一丝神秘的意味。

常常是从不知多么遥远的地方，从晨雾笼罩的葡萄架子深处，传来一声声悠长的呼叫。这声音也许是起早到园里做活的人喊的，也许是守夜人在沉闷、劳累了一夜之后，伸臂展胸，发出的快意的长吁。这片辽阔的园子没有沉寂的时候，你如果仔细倾听，总能听到奇妙的声音。即便在午夜，也有些无法分辨的千奇百怪的响动。或者是"嘎嘎"两声，或者是"啵啵"两声……海浪在黑暗深处应和着，使夜里的园子更加不可捉摸。整个海滩都像一个睡去的巨人在喃喃梦呓。

乌蓝叫过之后，大海滩真正苏醒了。

各种鸟儿都飞动起来，一试歌喉。野兔儿在野鸡的呼声里有节奏地蹦跶；乌鸦（这些讨厌的乌鸦！）成群地飞过，一边七言八语地议论着，一边从一排架子跃到另一排架子上去；小虫虫们在霞光里飞上飞下，那薄薄的翼被映成了鲜红；蝈蝈儿一齐鸣唱了，它们的歌声里充斥着对漫漫长夜的控诉……对于这一个长长的夜来说，早晨的苏醒就显得太重要了。各种小生灵奔走相告，欢呼光明。它们憎恨黑暗葬送缤纷的颜色，葬送一个明媚的世界。它们急于看一看叶片上那一层细细的绒毛，那清晰的、像图画一样美丽的网络，那泛红的、像蚂蚱腿一样的叶梗儿……

守夜人都在同时搓揉着眼睛——他们都是在乌蓝的欢呼声里搓揉眼睛的。蓑衣都是湿的，他们都在这时候抖落一身露珠。哦哦，一夜的警觉的守候，一夜的忠于职守，他们像个活化石一样，一动不动地待在树下，偎在蓑衣里……

老得用力地跺脚，抖动蓑衣，大声地咳嗽着。他要回茅屋去了。

大青顽皮地伸了伸舌头，看了看老得。它周身的毛也都濡湿了，在阳光里闪着亮儿。老得背上猎枪走去了，它一颠一颠地跟上去，"哈、哈"地呼出一股股热气。

园子里已经开始有人来做活了。老得看见来人，精神立刻好了许多。他和人们打着招呼，人们和他说着笑话。他的猎枪在肩上闪亮，这使得好多人想起那张贴在杨树干上的告示。有的人问他："老得，你说你的枪上了'火漆'，其实不过是上了一点儿'黄油'。"有的说："老得，昨夜里我听见'轰轰'几声，半空里亮了一下，真以为是你放枪打贼，走出屋望望，才知道是南山顶上打雷呢！"……老得每一句话都认真地听，他并不以为这是笑话。关于枪的问题他是要认真解答的。他说："火漆！那还有假？'黄油'？'黄油'是不禁摩擦的，是不顶事的。"

老得走近了茅屋，见里面正站了个高高大大的黑汉，跟梦中常见的那人一样！他闭了闭眼睛，默默地将大青拴了，然后就像什么也没有看到一样，转身就要走去。可是屋里的黑汉大声喊了一句："老得呀！"

老得只得迈进茅屋。

王三江坐在屋里唯一的一把白木椅子上，老得只得坐在炕沿上。他故意不看王三江，可那眼睛总要不时地瞥过去一下。对于王三江一大早的突然到来，他心里多少有点慌乱，一颗心"噗噗"地跳着。

王三江坐在椅子上，偏要将那只套了尼龙丝袜的大脚搬到椅面上，用手摩挲、捏巴着。他问："老得呀，你一个人憋闷不？"

老得说："嗯。"

王三江觉得有趣，笑了。突然，他向一边喊道："小来！"

屋角的黑影里有什么东西活动了一下，接着传来"哼"的一声。

老得一愣，上前打开了窗户。光线透进来，屋里明亮多了。原来屋角里蹲着一个瘦瘦的小孩儿，皮肤黝黑，周身被太阳晒得流油儿。他蹲在那儿，头扭向一边，像哭泣一样地耸动着肩头，身子一抽一抽的。

老得不解地望着王三江。

"小来！"王三江又喊一声，说，"你从今后跟上老得看葡萄园子，不准耍刁。"又对老得说："小来交给你了，他不是个好孩子。耍刁，你泼揍！我跟他爸老窝说妥了的，他爸也说：'交给老得了，耍刁泼揍！'听见了吧？"

老得应了一声："嗯。"

王三江说完搓搓大手，站起来走了。

老得把枪放到破棉絮里，然后躺到了炕上。他枕着两手，眼望着屋顶，很想一下子睡过去。可是他睡不着。他盼了多少天的新搭档，如今就蹲在这间茅屋的角落里。这么个小东西，能做什么事情！他想他家准是给了王三江什么好处的，要不，王三江不会轻易让他来葡萄园的。他这样想着，闭上了眼睛。可是他很快听到了小来在角落里喘息的声音，这使他从炕上爬起来，走到了小来跟前。

小来站起来，像害怕似的往角落里退了一步。

老得这会儿看清楚了，原来小来不像从背影上看的那么小，他至少也有十五六岁的样子，只是长得弱一些，薄薄的肩头像个孩子。老得这会儿也像王三江那样，大着声音喊了一句："小来！"

小来注视着老得，就像害怕阳光似的，很快就眯起眼睛，将脸转向一边了。老得笑了，使得那个长长的下巴歪得更厉害了。他把手搭到小来的肩膀上说："我知道这茅屋快来个伴儿了，想不到是你！嘿呀，你和我看葡萄园吗？你和我住这茅屋吧——以前是铁头叔和我住茅屋……"他一说到铁头叔，脸立刻沉了一下，不吱声了。他停了一会儿说："睡觉，你上炕躺下吧！"小来不愿动，可能不大瞌睡。老得却不管这些，弯下腰抱起小来，平展展地将他放在炕上，又用一条厚厚的花被子蒙起来……

老得又伏在小白木桌儿上写起了什么。

写了一会儿，他突然觉得不很自在，回头一望，见是小来从被子里探出了头，睁大着眼睛往这边看。老得粗声粗气地喊了一句：

"不准看！以后不准看我写字！"

小来一下子缩进了被子……

这天，老得像过去那样很晚了才去睡觉。他醒来时，天竟然黑了下来。他从来没有一觉睡到这时候的。他坐起来，发现身边的被窝空了，屋角也没有了小来。他觉得有些奇怪，赶紧跑到了屋子外边：大青在葡萄树下静静地卧着，风"沙沙"地吹着一园绿叶儿，喧闹的人声也没有了，晚霞笼罩了整个葡萄园……

"小——来——"老得急得跺了一下脚，呼喊了一声。

大青忽地蹦起来，警觉地四下望着，两只耳朵朝上竖了起来。

老得牵了大青，急匆匆地走到了园子里。他想也许小来到园里玩，迷路了，回不来了。他在架子间奔跑着，长长细细的腰使劲地扭动着。直到两腿又酸又疼，热汗湿透了衣服的时候，他才放慢了步子。葡萄园漆黑漆黑的，连他自己都要迷路了，他不得不往回走去。

整个夜晚他懊丧极了。他弄不明白小来哪里去了。这个瘦小的人儿像个影子一样出现在茅屋里，又像个影子一样地消失了……

四

夜里,老得疲惫地倚坐在葡萄树下。大青的鼻子对着他的脸,呼呼地喷出一股股热气。老得将额头低下来,用面颊靠在它长长的、温热的嘴巴上,一丝一丝地活动着。大青禁不住伸出舌头去舔他的手。在往常,老得总要毫不留情地拍它一下,可是今天他任它舔着。

狗的舌头热乎乎的,好似一个温柔的手掌。老得伸出两手将它推开了,让它蹲在一边,不满地"哼唧"着。老得深深地垂下了头,用两手紧紧地将脸颊捧住……他喘息着,张大了嘴巴,就像刚刚激烈运动过一阵似的。他觉得手掌有些发湿,对在眼上看了看,见是两滴泪珠。

老得一动不动地盯着眼前一片漆黑的夜色。他老是觉得这面巨大的黑色幕布向两边拉开,从中间的缝隙里走出一个背有些驼的老人。他认识老人那双眼睛，他在这伸手不见五指的黑影里也能认出铁头叔来！他禁不住"啊啊"地站起来，往前迈出一步……眼前什么也没有，还是一片黑暗。他揉一揉眼睛，失望地坐在了地上……

老得很小的时候便失去了父母，他是跟哥哥和嫂子长大的。他长到三四岁时，村子里闹起了饥馑，哥哥一家差一点儿被饿死，慌乱之中不得不抛开了老得。老得一个人也不知是怎么活过来的。后来他老是生病，瘦得不成样子，书也读不好。老得多么愿意读书啊，可是他读不好。他不得不怀着一腔迷恋回到了村里。也许是同情他的孱弱和孤独吧，村里领导没有让他下田扛沉重的镢头，把他派来看护葡萄园了。

铁头叔没有老婆，也没有孩子。他一个人在园子里，养着大青，住着茅屋。老得来到的第一天里，铁头叔特意到海边上，跟拉鱼人要来两条黄鱼，做了一顿鲜美的鱼汤。

老得至今忘不了那鱼汤的味道。他甚至记得鱼汤做好时，铁头叔怎样叼着烟袋去揭开锅盖子，先搅动一下，然后用勺子赶开漂在油水表面的三两个绿色的葱花……那些不眠之夜哟，铁头叔的烟锅在黑影里一明一灭，像不知疲倦的眼睛。老人有时高兴了，甚至这样问他：

"喂，老得呀，娶个媳妇呀，想不？"

老得不作声。他在黑影里，兴奋地把两只大手撑在肋骨上，使劲咬着嘴唇……铁头叔在一边笑，笑了一会儿又说："娶个媳妇，做鱼汤我喝吧——我这辈子生在海边上，还没有喝得够鱼汤——我到人家屋里做客，也老是对人家说：'做鱼汤喝吧！'……"

老得和铁头叔在一起看葡萄园永远也不知道疲倦。老人有好多古怪的故事。他至今记得一个故事：有一个小伙子种了一片果园，总也结不多果子。后来他在园里遇到了一个古怪的老头子：穿了一件遮膝长袍，是用画满了果子的布料做成的……老头子临走时告诉了小伙子一个方法：吃第一个果子时，要捏住果梗儿，闭上眼睛用心地想——果子里有水，水是树木吸了地底的水、浇灌的水、天上下的雨水和露水；果皮上有花道道，是一早一晚的云彩映上去的；果子上有个小洞眼，是不小心让虫子咬上的；果子长得不圆，是缺养分，管园子的人开春身子疲乏，多睡了几次懒觉……实在想不出了，再把这个果子吃掉。

铁头叔讲过了故事说："那个老头子是专管人间结果的神仙。照着他说的做，果子要多得压断果枝！可到现在还没有多少人照着去做，果子当然是又酸又涩、个头小、稀稀疏疏……"

铁头叔说到这里时，就和老得一齐大笑起来。老人不停地吸烟，总要把烟灰磕在大青面前。大青总要低下头去闻一闻，也总要用力地打一个响亮的喷嚏……

老得多么留恋那些个夜晚啊！

可是后来，老得一个人待在漆黑的园子里，总要设法赶走瞌睡。

无边的黑暗里，老得有时沿着葡萄架空往前走着，不一定什么时候前面冒出一个活动的黑影，吓得他出一身冷汗；再一看，原来是一棵在风中摇动的杨树！失群的孤雁在园子上空哀鸣，老得每一次听到都要难受半天……

大青这会儿"呜呜"地低叫了两声,向着一个方向昂起头,脊背上的毛竖了起来。老得把脸从手掌里抬起,拾起了横在腿弯里的猎枪。

"老——得——!"有个尖尖的声音在不远处压低嗓门呼叫。

老得迎着声音走了几步,又拍一拍大青的脊背,一声不吭地蹲在了葡萄树下。月亮刚要升起来,老得看得见大青的眼睛。

那个声音也不响了。停了一会儿,传来"嗒嗒"的脚步声。从一团团黑色的藤蔓里,走出了一个姑娘。她头发披在肩上,穿了一件浅色的衣服,脚上趿着塑料拖鞋,身子一晃一晃地往前走着。

老得的心开始跳得快了,当他认出是小雨,又松了一口气。他从树下站起来,不解地"嗯"了一声。

小雨先是被突然出现的老得吓了一跳,接上就哭了出来。她用手背儿揉着眼睛,咕咕哝哝地诉说着:"……死老得啊,你在这儿站岗,背着枪,我一个人在茅屋里睡,做了个噩梦!我梦见有个人蹑手蹑脚地往茅屋跟前走,手里握一把刀子!我出了一身冷汗,醒过来……死老得呀,我醒过来,真听见有人蹑手蹑脚地往茅屋这儿走。我打开窗子——只打开一条缝,外面黑漆漆的什么也看不见。可我怎么也睡不着,老觉得有人蹑手蹑脚往茅屋跟前走……"

她一边说一边比画着,还不时插上"哼哼"的几声拖腔,使人联想起撒娇的娃娃在哭。

老得大不以为然地摇摇头:"噩梦,又不是真的。"

"我真听见有人蹑手蹑脚……"

"噩梦又不是真的……"

小雨脱了拖鞋垫在屁股下,两手操在胸前说:"我是不回茅屋了,死老得,我和你守一夜园子……吓人!"

老得不作声,只是怕冷似的将蓑衣围在身上。他闭了闭眼睛,觉得这简直像梦一样……芦青河在远处呜噜噜地响着,好像一个老妇人在深夜里哭泣,又像一个嗓子不好的人在恶作剧般地大笑。海浪的声音也很大,大约是海潮涨上来了。可是迟迟听不见拉夜网的号子,老得想也许这个夜晚他们不拉夜网了……他不时地抬眼瞅一下对面的小雨，瞅一眼他身旁坐着的大青。大青对小雨的到来也像是颇不以为然，斜也不斜过去一眼，不亢不卑地昂首直坐，望着那一天闪烁的繁星……

王小雨的泪痕未干又笑了起来，说："我真想不到还能和你一同守园子哩。死老得！水蛇腰！真想不到。这是'干部和群众同劳动'呀……"

"呸！"老得吐了一口。

小雨愤怒地站了起来，说："你吐我？"

"我恶心。"老得说。

"你恶心我？"

老得说："我的嘴巴恶心……"

小雨又坐下了。

他们好长时间都没有说话。老得用心地抚弄他的枪，一会儿搬上膝头，一会儿又搂在怀里。园子里每有一点声响，他都警觉地站起来，倾听着，辨别着。

王小雨坐了一会儿觉得无聊起来。她说："老得呀，你这个人也不错……"

老得没有应声。

"我是说你怪老实的。"

"老实就有人欺负——铁头叔就是一例！"

王小雨噘噘嘴巴："不准你指桑骂槐！"

老得搓搓脖子："没有的事……"

王小雨重新高兴起来。她又坐了一会儿，说："你知道吗？我爸不让找你玩的。他说：'老得可不是个正经东西。'我觉得你坏是坏，可也坏不到哪里去。"

老得从地上站起来了，粗声粗气地叫了一声："嗯？"

"坏不到哪里去。"小雨说。

老得没有吱声。他把枪从肩上摘下来，搬弄着，又一个一个瞄着天上的星星。他瞄着，闭着一只眼睛，含混不清地咕哝着："我早晚打下他来——'嗵！'给他来这么一枪……"

王小雨立刻从地上蹦起来，抓起沙子扬他。

老得敏捷地在葡萄树下绕来绕去，小雨追着追着就找不见了。

停了一会儿，从不远处的葡萄藤蔓里又传出老得

的声音:

"给你爸来这么一枪……"

五

小来自己回来了。老得问他哪去了?他说哪也没去。老得当然不会相信,就再三盘问。后来小来才告诉他:他跑走了,穿过葡萄园,要回家去。他怕老得以后会揍他。可是他跑到了自己家的后门口,望着门缝射出的灯光,又不敢进去,他怕爸爸。于是又摸黑跑了回来,在茅屋跟前转了一宿……

老得明白了那天晚上王小雨为什么听见有人蹑手蹑脚地走……他知道了小来有个后娘,他爸老窝也管得很严厉,不由地生出几分同情。这天下午,他特意到海上讨来两条黄鱼(铁头叔当年也这样做过),为小来烧了一锅鱼汤……

葡萄慢慢变紫。

葡萄园要进行成熟前的最后一次洒药了,这是园子比较繁忙的时候。人们都穿上了破衣服改做的工作服，手持喷雾器的长杆，在架子间来来去去，那样子有趣极了。无数的喷头向上、向下、向左、向右，喷出乳白的雾气，阳光又在雾气上映出一道道好看的彩虹。

喷雾器"呲呲"地响着，压气机"吱吱"地叫。两个人扳一个压气机，迎着面推来推去，就像踩跷跷板一样。可是远远不像踩跷跷板那么轻松，这只要看一看他们横流满面的汗水就知道了。年轻的姑娘和小伙子愿意结伴做这样的活儿，他们面对面地劳动，你推过来，我推过去，严肃的时候不多。姑娘推几下就笑了，接上小伙子也笑。姑娘笑得"咯咯"的，小伙子笑得"哈哈"的。只是他们都低着头笑，轻易不抬头互相看一眼。没有人督促，也没有人喝彩，他们越干越有劲儿，将气压得足足的。气越足，远处的喷头喷出的雾气越匀、越宽，空中的彩虹也越好看。

整个园子里都是沸沸腾腾的人声。葡萄紫了，三十六户都激动起来，连小孩子也涌到园子里来了，在乳白色的雾气里奔跑着，呼喊着。

老得睡不着的时候，就牵着大青，领着小来到园里来。他们有时在压气机跟前停住步子观看，那扳机器的姑娘和小伙子就说："老得，你站哪儿不好，偏站这儿！这儿脏哩，小心药水溅到身上……"老得总是果断地回答说："我不怕脏，我又不是娇气的人……"

有人老远打趣地嚷着："得呀，你告示上不是说见贼就打吗？地上从来没见有人躺倒！""也可能是枪法一般吧？哈哈……"

老得把枪往肩上耸一下，大声说："告示贴出来，有法必依，谁敢偷这园子……"

远处的人一阵满意的哄笑。

又有人说："老得，你看园子是有功的，该报告王三江，奖励你一下呀……"

老得听到"王三江"三个字，心里很不愉快，于是就离开了压气机……葡萄架空里，这时"突突突"开进几辆轻骑，在老得的身旁停住了。从车上跳下来的都是三四十岁的人，老得一看就知道是"葡萄贩子"。他们其中有的早就认识老得，笑模笑样地递过来香烟，喊："老得，帮我们引见一下王三江吧！"

老得不停歇地往前走去，嘴里咕哝着："我引见不上……"他早已瞥见了轻骑后座上捆绑的那些东西，在心里恨恨地骂了几声，和大青、小来横钻过一排架子走去了……

洒药水的人们开始休息了。他们坐在葡萄架旁喝着水，高声地谈笑着。老得走着，听到他们不断提到王三江，觉得今天十分晦气。"……今年葡萄又要涨价！酒厂经理都亲自来了，小卧车就停在王三江门口……""也肥了那些葡萄贩子，他们运上一秋，要挣上千块呢……现在都忙着找王三江批条子……""有个人肥得更快呢！看看河西园子，人家葡萄长得没咱好，可年年分钱比咱们多！……"

老得想和小来回茅屋去。他们正走着，突然听到身后静下来，几乎所有人都同时闭上了嘴巴！老得觉得奇怪，回头一看，原来是那个斜披衣服的黑汉从南边摇晃着走过来了！他的身后，照例跟着四五个小伙子……老得拍拍小来的肩膀，坐在了地上。他远远地盯着那个黑汉。他想那些小伙子简直成了王三江的义务保镖了！王三江的黑衣服被风吹得扬起来，很像个大乌鸦的翅膀——老得马上觉得黑汉子就是个大乌鸦，它在园子上空低低地盘旋而过，黑影儿投在地上，地上的一切都默然无声了……

王三江走到一个坐着的小伙子跟前，伸手去弹他的脑壳……好多人站起来，叫着"三江叔"，嘿嘿地笑着。园子里又开始有了说笑声。

老得盯着那个"大乌鸦翅膀"，目光像凝住了一般。他眼前仿佛又闪过那一对逼视过来的目光……老得的眉头绞拧在一起，又在默默地想那个"原理"了。"大乌鸦翅膀"在风中扇动着，下面有人向他频频点头……老得看着，心中突然动了一下——王三江可怕，有些人的贱气样子更可怕哩！他想起民主选举时，人们对这个只喝酒不做事情的大队长再也不能够容忍了，一下子就把他选掉了！那时候大家就不怕他，现在反倒忍得住，反倒怕起他来了——这里面总该有个"原理"的！……老得想到这里"哼"了一声，站了起来。他激动地抖着大青的锁链，对小来说：

"这里面有个'原理'！"

小来不解地望着老得。

老得又定定地望了一会儿黑汉,就往回走去了……

不远处的小路上,有些陌生人走过来,老得知道又是找王三江批过条子的人。他早听说这些有本事的商贩能用低价购到葡萄,让三十六户吃哑巴亏。他又想起人们和河西园子做的对比,这时心里一阵愤怒,就走过去跟他们要条子看。

几个人挤着眼,搔着头,并不掏条子。

老得也不作声,只是拦住他们,很有耐性地蹲在了路边,揪一串葡萄慢慢吃着,不时斜眼瞥瞥他们。

大青呜呜地叫起来……老得抬起头,看到葡萄架后面有个人影在晃动,他扒开藤蔓一看,见站在那儿的正是斜披着黑衣服的王三江!

王三江哈哈笑着,一只手挥动着让那些人走开,一只手招着,那是让老得再靠近些。

老得心里不由自主地"噗噗"乱跳起来,手里扯紧了大青上前一步。小来也站到了老得身边。

王三江坐在了架子下,让老得和小来也坐了。他从衣兜里摸出一个拳头大的黑烟斗,惹得老得惊讶地看着。王三江笑眯眯地端量了一会儿老得,吸一口烟说:"你是得病了……"

老得迷惑地看他一眼,咬着牙关没有作声。

"你的两个眼珠子锃亮——你是得病了!"王三江徐徐吐着烟,又说。

老得不安地将枪倒在怀里。他摩擦着枪身说:"我没病。有病也全在腰上。我的腰挺不硬。"

"病在眼上。腰是好腰。铁头叔以前也犯过这病,那是睡觉多了,外精神太大……"王三江说到这儿突然严厉地绷紧了脸,"我送你个偏方:以后只许上午睡觉,下午到园里扳压气机!"

老得终于明白这是怨他刚才拦了那些商贩!他气得身子抖了一下,腾地站起来说:"我没有病!我要睡觉!"

王三江也站起来,威严地喝道:"听大叔的话,偏方治大病!"

傍晚,小来的爸爸老窝到茅屋来了。

这是个老实巴交的老头子,嗓子也不很好,每说一句话，都要"吭吭"两声。他的烟锅永远叼在嘴里，不管有没有烟。他是为小来的事才来的。他管老得叫"他家老得"，并且说得声音甜甜的，包含了一定的尊重。老得还是第一次听人这样叫他，心里十分高兴。

老窝说："他家老得，你是个好小伙子哩！小来交给你我心里妥帖！吭吭，妥帖。我跟他家王三江大叔说哩，小来有什么不好的地方，他家老得你泼揍，吭吭，泼揍！……唉唉，泼揍！……吭吭，庄稼人不易哩！小来身子软，又念不成书，在田里又做不了多少活，吭吭，我就求他家王三江大叔开开面子，好话说了一抬筐，费了烟酒才……吭吭！吭吭！……"

老窝觉得说走了嘴，眼皮垂了垂，使劲咳嗽起来。他长长地吸了一口烟，又说下去："他家老得呀，吭吭，你呀，你年长他几岁，有事多担待些，吭吭，你泼揍，只管泼揍！可你别让……吭吭！别让别人动他呀，你看他那胳膊，秫秸秆儿粗，吭吭！在家时，他后娘老要打他，这孩子自小命苦哇……吭吭！……"

老窝说着流出了泪水。他赶忙用衣袖用力地

抹去。

老得一直默默地听着,两眼望着窗外的什么地方。后来,他不知怎么也哭了,眼泪从鼻子两边缓缓地流下来。

小来就坐在炕沿上,低着头,用手撕一个破布条……

六

习惯真是个奇怪的东西。老得几次想一大早就睡觉,可怎么也做不到。他总要坐到桌前,揉搓着眼睛,一个接一个地打着哈欠,用铅笔在白纸片上写一会儿。纸片写满了时,他才爬到小来身边睡觉。午饭常常被他们忽略了,有时醒来,也不过是烧几条咸鱼,吃两片烤玉米饼。老得近来不知怎么很疲倦,有些瞌睡。

下午,他很想蒙头大睡,可是果真有人来喊他和小来去扳压气机了。他恨死了王三江,可是又不能不去。他发现自己像大家一样害怕王三江。没有办法，他暂时只得穿好衣服，唤醒小来，背着猎枪，牵着大青到园里做活去了。

几乎所有人看了老得这副样子都笑。他们笑老得总也离不开大青，离不开枪。老得倒没觉得怎么可笑。他心里更多的是气恼。他知道王三江存心不让他睡个好觉。他想如果铁头叔在，也许事情不会糟到这种地步的，铁头叔有骨！铁头叔高高的嗓门喝一声："我要睡觉！"——所有人（当然包括王三江）都要惧他三分。现在则不行，现在只好乖乖地来扳压气机了。

他和小来扳一台。小来两臂细瘦，自然不顶事的，差不多要老得一个人用力气。他的腰吃力地扭动着，一会儿就汗流满面了。

王三江从一边走过来，总要停住步子欣赏一会儿，大声夸奖几句："瞧瞧，老得是做这活的好材料。老得扳得得法，省好多力气的……老得扳得好！"

老得紧紧咬着牙齿。他的脖子涨得紫红，一声不吭。他只把圆睁的眼睛瞪向小来。小来有些不敢看这双眼睛，躲闪着他的目光。可小来有时瞅瞅这双眼睛，脖子也红涨起来，咬住嘴唇，伸出细瘦的胳膊，狠狠扳住压气机手柄，狠命地往胸前拉着。

王三江很有耐性地站在一边看着，不时地夸赞几句。他说："这活路不同别的，这活路讲究个配合！你们看人家老得，功夫都在腰上了！"

老得的腰疼得厉害。他有时要用一只手按住腰部。可这时候王三江也要夸他，说他很从容呀、一只手也做得呀。老得气得肚子都要炸开了。他直挺到王三江走开，嘴里没哼一声。

休息的时候，老得拉上小来到一个僻静地方坐了。

他把头埋在了两膝间，深深地低着。他大睁着眼睛，望着地上那片洁白干净的沙土……真好的沙土！这样的沙土，白玉颗粒一样，当然生得出甘甜的葡萄呢！老得禁不住伸出手去抚摸着。他认定这儿的葡萄特别甜，完全是因为这片沙土的缘故。如果说到感激，应该感激的是这片沙土！他想，谁包种下这片葡萄园，葡萄都会生得像蜜一样甜的。奇怪的是有人不去感谢土地,却要去感激霸道的王三江!

"哼哼!"老得苦笑了一声。他想起了有人甜甜地呼叫"三江"——像呼唤兄长一样。兄长?哪有这么霸道的兄长!人们是怕他。王三江能领着他们发财——钱这东西也真怪,它能使人胡乱去认"兄长"!"哼哼⋯⋯"老得搓搓手,又笑了。他望了望对面的小来和大青:小来在搬弄地上的石子玩,那样子安然极了,天真得很——十六七岁的小伙子特有的那种天真。大青有些疲倦地眯着眼睛,舌头烦躁地伸出来,大口地喘着气⋯⋯

风把一片浓重的药水味儿送过来,老得用力呼吸一口。药水的气味有点像碘酒。葡萄穗儿的气味也很重。葡萄开始成熟了,尽管药水味儿那么浓,也没法掩盖得住这种香甜的气味。秋风真凉爽,它吹在老得汗漉漉的身子上,使他感到一阵发冷。远远近近的鸟雀都在聒噪,它们一定是在诅咒人类的恶作剧——将这么多有害的邪味毒水喷洒到美丽的葡萄园里!小蚂蚱们蹦起来,"噌噌"地飞到架子的最顶端,又向着一边逃去了⋯⋯三两个年轻人趴在架子下，眼睛向四下里乜斜着，偷偷咀嚼一串变紫的葡萄。老得在过去准向他们扬一把沙土，逗个乐子，可是现在没有这份心思……远处，传来几声刺耳的笑声，一听就知道是王三江。老得厌恶地低下头去。

他继续想这片洁白的沙子。他甚至将一个粗沙粒儿捏住，迎着光亮审视着……他弄不明白沙子为什么每个颗粒都包着一层半透明的东西？他只记起葡萄粒儿也包了一层半透明的东西。他于是试图从这片沙子和葡萄园之间找出一点什么联系来。结果他不能够。他想那葡萄的根须，根须怎样扎到深深的地下，地下的水脉……他还想每天在葡萄园里劳动的人，差不多都赤着脚板，极力去和这片沙土亲近。他想这沙子深深地硌到脚板里去，脚板也陷到了沙子里面，那样子仿佛也在设法往地里扎下根须啊！王三江又大又厚的脚，踩到地上"啪啪"响。这双脚因为穿了皮鞋，就不曾陷进过沙土，当然他是不想生下根须的。他在地上没有根。没有根就立不住，所有赤脚的人满可以把他推个仰八叉。老得笑了。他从哪里也看不出人们有什么应该惧怕王三江的地方。

不过他想起了梦中出现过的那个黑黑的身影——王三江手大脚大，身子像牯牛一样粗，长得就是有过人的地方。也许天生他就是让人怕的。老得想到这儿吸了一口冷气，眼睛直愣愣地瞅向一个地方。他摇摇头，又摇摇头——他记起在学校时老师讲过的"法律"——法律是专门维持公正的，它不允许一个人依靠体力的强健去欺侮另一个人、去剥夺另一个人，因为全都要过生活。他从这里也看不出有什么应该惧怕王三江的地方。

老得感到很疲倦。他站起来，伸了个懒腰，呼唤了一声大青。大青欢跳起来，跳得最高的时候超过了他的肩头。小来一声不响地在地上划拉着什么，手里捏着一个绿色的草梗……老得这会儿想起了什么，他把大青交给小来，然后一个人攀到了葡萄架子顶上。

他向西望着，他在望芦青河。

在一个个葡萄藤蔓纠扯成的"小山峦"的那边，在一片白雾底下，那堤内碧绿的苇荻、白亮的水，都望得清清楚楚……河的另一边，就是河西葡萄园了。

那是一片正在兴起的园子,一片愈来愈漂亮的园子。老得知道搞承包之前那园子是多么丑陋,多么不值一提!可是这一切如今全变了,那儿的人以令人难以置信的速度富起来,听说看护园子的人住在高高的草楼铺上望,并且有了彩电……他决心去寻访那个园子。他要算一笔账。他要从中寻找那个"原理"……

七

王小雨有时懒得回家,就睡在老得隔壁的茅屋里。她的小屋子和老得的差不多,只不过经她一收拾完全变了样子。她的办公桌上有一块玻璃板,下面压了几张男女电影明星的照片。她将自己不太喜欢的几个演员都描上了胡子。女演员添上两撇胡子,她反倒有些喜欢了。她养了一盆吊兰,梗叶垂下来,一条又一条,很像她自己披散的头发。

小雨有一次随送葡萄的汽车去了一趟城里,看到了披肩发,于是不久她的头发也照样披下来。她的头发真黑，乌油油闪亮，老得最不敢看的。她见了隔壁的老得（当时铁头叔还在），总要以两个脚掌为轴，倏地转动一下身体，站定以后再将脚跟颤两颤，使脑后的黑发上下波浪一般翻抖。老得看得出了神，嘴里哼哼呀呀的，要不是铁头叔总将他及时喊进屋里，他会这样一直看下去的。

小雨心里恣得要命。她用后脑勺也瞧得清老得的神态。这个死老得！这个水蛇腰！王小雨在心里一连串地骂着，真痛快。她知道那颗小伙子的心是怎么跳动的，老想弯下腰来笑一场。

你老得也想和我小雨好吗？小雨成百次地在心里问自己，成百次地笑！她照过镜子。她从来没发现有谁长得比自己俊！从小爸爸就不让她做重活儿。她的身体没有像一般农村姑娘那么结实，可也不像有些农村姑娘那么笨重。她娇小而苗条，两条腿显得又长又直，像两根结实的橡皮柱，那样有弹性，走起路来一耸一耸的——也就是这个走法，引得老得醉心醉意的。她从来就认为：老得高高的个子，像个篮球运动员（她喜欢他们），只可惜生了个七扭八扭的腰。她气闷地噘噘嘴巴,心想老得呀,你怎么就不去城里,像骨折的病人那样,用石膏把腰固定住呀?她想着想着又笑了。

可是自从铁头叔离开葡萄园以后,老得对她变得冷淡了。好像是她赶走了铁头叔一样!她想起这个就生气。她想让老得像以前那样,老得却偏偏不像以前那样。他偶尔眼睛里闪过一丝羡慕和爱恋的火花,随即也就熄灭了。小雨气愤地走在园里的小土埂上,将她新买的米黄色风衣抖得"唰唰"响。她感到了一种莫名的惆怅和懊恼。

老得能够记住一种仇恨,能够目不转睛地盯住一个地方想心事。他恨王三江,因而也多少有点恨小雨。小雨那些令人眼花缭乱的装扮,老得竟不屑一顾。这说明了他的坚定,也表明了他的笨拙。王小雨有点哭笑不得。

可是那个夜晚她被噩梦惊醒之后,来到葡萄园里,那么顽皮而得意地玩了一个通宵!老得哟,仍像过去那样驯服地、目不转睛地望着她。她那个夜晚过得多么欢畅啊,她已经好久没有过这种欢畅了。

她想起了小来，觉得那个小东西倒是很有意思的。她想，从今以后小来就归老得领导了——连"水蛇腰"也可以做领导，这个年头真是有意思啊！以前老得什么都听铁头叔的，明显地受他的领导。如今不行了，如今老得神气了，添了猎枪（双筒的！），又添了小来。小雨心里不知怎么有了一丝孤独感。她想自己领导一下老得倒也许是合适的。那时候她可以支使老得："老得，提桶水去！""老得，进屋里坐会儿——不，还是滚开吧！""老得，以后走路不准胡乱扭动那个腰——那叫'水蛇腰'，水蛇有毒！"

晚上，小雨睡不着。她愿仰躺在床上想心事。屋子里有一股淡淡的香味，这使她很舒服。月光正好透过窗纸，映在吊兰上。吊兰的小白花儿在夜晚显得那么清晰。她轻轻合上了眼睫。

风徐徐地吹过，像一个人小心地踮着脚尖穿过葡萄园。窗外的青草上有什么虫虫在小声地交谈。露水偶尔从高处的葡萄藤上滴下来。芦青河的流动声变得非常遥远。海浪拍击着海岸，听声音好像要翻腾着奔涌过来。小茅屋愈显得安静了，像一个老人，在月光的注视下恬然入睡了。

小雨老听到自己的呼吸声，轻轻的、细细的，像一只小猫睡着了那样。她将头在枕头上滚动了一下，用嘴唇轻轻地吻了吻柔软的枕巾。一切都是温暖和煦的，散发着一股荞麦花的香味。她愉快地笑了。睡不着，怎么也睡不着。她仰着脸看茅屋顶，伸出两手在面前绞拧着。胳膊绞到了一起，胖乎乎的手脖儿贴压在一块儿，轻轻地摩擦着。她觉得两只胳膊好看极了。一股暖流在胸中流动，慢慢变得滚烫起来，使她再不能静静地躺着了。她翻动着身子，急躁地扭着胳膊，有时故意用两腿敲击着床板。她不知怎么淌出一滴泪水，接着咬住下唇，"呜呜"地哭起来，将脸埋到枕头上……

傍晚时，她想和爸爸一块儿回家去。她像过去一样跑过去，揪他搭在肩膀上的衣服。王三江平时总是高兴地一耸肩膀，将衣服抖落到女儿的手上……可是这次他站住了，严厉地瞅着小雨问：

"你半夜里找老得玩了吗？"

小雨惊讶地站住了。他怎么知道得这么快！她轻轻地说："我……嗯！"

王三江把肥胖的食指竖起来说："你闲得不耐烦，以后就到园里做活去！"

小雨从来没听过这么阴冷的语气，看了看他的眼睛，吓得要哭起来，大口地喘息着。突然她跺着脚说："做活就做活，我还不稀罕当这个会计呢！"

她说完往屋里跑去，王三江喊她，她像没有听见一样……

半夜了，她还没有睡去。这时，父亲那像锥子一样的目光又从她脸前闪过。她不安地点了灯，从床上坐起来。

怎么也睡不着，小屋里燥热极了！她开了门，走到了窗外的葡萄树下……往常铁头叔将大青拴在树根上。如今老得牵上，到葡萄园里守夜去了。葡萄树根下的干土皮被大青磨蹭得光滑滑的，散发着一股大青的气味。她将身子抵在葡萄架的石柱上。石柱凉森森的，使她舒服得很。她真想就这样睡过去。她想这会儿老得和小来在做什么呢？她又记起父亲那两道目光，就像跟谁赌气似的，她今晚真想跑到园里去找他们啊!她紧紧咬着嘴唇,轻轻地呼吸着,将脚跟跷起来,再跷起来……头被葡萄藤碰了一下,她突然抬腿往园子深处跑去了……

"老得——!老得——!"她一边跑一边喊。

大青呼叫起来。接着老得和小来不无惊奇地迎上来。

小雨站住了,喘息着。她说:"我是来和你俩看护葡萄园的——要吧?"

老得怕冷似的将蓑衣紧揪到身上,慢慢坐下来。他把枪横到膝上说:"看护吧。"

小雨吃了一串葡萄,抚摸了几下大青,又去捏小来的胳膊。她在架子间来回走动着,样子十分快活……这样玩了一会儿,她突然说:"月亮有多圆!真亮!老得呀,小来!愿不愿看跳舞?我跳舞你看!"

她说着真的蹦起来,用脚将拖鞋往一边拨拨,然后弯扭着柔韧的腰,伸出两只胖圆的胳膊舞动起来。

月光下,老得清楚地望见了她那弯弯的眉毛。她闭起眼睛跳舞,这也算是一怪了。可是她笑吟吟的,头在轻轻转动,两手柔和地在胸前推动,大拇指和其他几根手指有趣地翘起来……老得想这一定是演的洗衣服！不过，她闭着眼睛呀……老得觉得她的脸、她的头发、她的手，一切一切都被月亮洗得发光，好看极了。哦哦，老得急躁地把枪从腿弯里拿起来，又放下。他目不转睛地看着，有时想：这东西，小妖精一样，小狐狸一样！她的腰那么软，那么细，圆圆的就像白杨那光滑的树桩子。老得常常紧紧地靠着杨树站着，背着一杆猎枪……他现在笑吟吟地瞅着小雨。

小雨终于不跳了。她问老得："跳得怎么样？"

老得看看一边的小来，如实回答："不错！"

"再来一个要不要？"

"要！"

小雨脸一板："想得美！"

老得不吱声了。

小雨停了一会儿又笑了。她说："和你搞个对象什么的也不错。"

老得给吓了一跳！他不由自主地往后仰了仰身子。

大青歪头瞅了瞅小雨，打了个喷嚏。

小雨眼望着老得说："你看过那些大书吗？上面就写着两个人怎么怎么好，怎么怎么好……你肯定没看过，你个水蛇腰懂什么！"

老得手里紧握着双筒猎枪，点点头。

小雨神往地看着空中的月亮，喃喃地说着："老得呀，你个水蛇腰一扭一扭真难看，你长得也丑。你如果再俊一些，说不定我真能和你好哩……死老得，傻乎乎的死老得！……"

老得的脸热乎乎的。他"吭哧吭哧"喘着气，站起来，就像抵不住炎热的天气似的，抖抖衣服，活动着身子。

王小雨不说话，一直笑眯眯地望着他……

东方慢慢亮了。有什么鸟儿在远处嘶哑地叫着。王小雨这时候却靠在一棵树上睡着了。她醒来后，看了看天色，又骂了一句"水蛇腰"，就拖拖拉拉地往茅屋里走了。老得牵上大青，望着她的背影，摇了摇头。

天完全亮了。

八

一个小铁锅给老得和小来增添了无数的欢乐。

他们把它架在葡萄树下，夜里煮东西吃。小来平常不声不响的，晚上倒是很勤快，无声地离去，又无声地归来，手里总是拿来地瓜、花生什么的。他们将这些煮到锅里，撒一点盐，然后就看着它突突地冒白气。

火光将小来的脸映红了，他坐得很近，老得不时地掀开锅盖，用勺子搅一搅。每逢这时候小来就要用鼻子使劲吸着，说："真鲜！"

老得听到空中有什么叫了一声，想起个事情。他说："打一只鸟来煮上才好——现在有猎枪了。'吃素不吃荤，长不成强壮人'！我从小吃肉太少，你看我，弱成这样子。"

小来小心地伸出手来捏一捏他的胳膊，说："还弱呀？你的胳膊有我两个粗了……"

老得摇摇头:"不能比你的。你是得过病的人。"

小来急剧地摇头:"没有——你听谁说的?"

老得把枪倒了一下,说:"也没有听谁说过。我一看就知道你得过病,没有大病,也生过蛔虫……"

小来不作声了。他记得爸爸给他吃过驱虫药。他这时用钦佩的眼光直瞅着老得。

老得起身摘了两串葡萄,递给小来一串,然后吃起来。他把蓑衣铺在地上,仰面朝天躺下来,眼望着星星说:"我每天晚上都想一会儿铁头叔,和他在一块儿你就不知道瞌睡。他老是不停地抽烟,烟瘾真大!你猜他抽的是什么烟?蛤蟆烟!那种小圆叶儿呀,样子不好看,劲头可真大。有一回铁头叔使劲吸了一口,迎着大青吹过去,大青就一个劲地咳嗽,咳嗽……"

小来听到这里笑了起来。

"铁头叔有时候把蓑衣包在身上,像挡雨水那样用手扯紧在身上,蹲在那儿,蓑衣毛儿着,像个大刺猬。他把后脑勺仰靠在葡萄根上,'吭哧吭哧'喘气,你以为他睡得死死的。可你走过去,他就一下睁开

了眼睛,用手打个招呼……"老得说到这儿认真地将下巴朝地上点一点:

"葡萄园里再别想找他那样好的护园人了——永远也别想找!"

小来蹲起来说:"你也比不上他吗?"

"我?"老得撇撇嘴巴,"我十个也抵不过他的。他是一辈子练成的本事。他护起园子来,可以一连几十天不睡觉——可是他天天都在睡觉,信不?他走路在睡,赶贼在睡,蹲着更在睡,不过你看不出来罢了。"

小来不信:"赶贼也在睡?"

"也在睡!"老得伸手指着大青说,"比如说它是'贼',鬼头鬼脑地来了,蹲在架子下偷葡萄了。铁头叔先咳一声,然后就说:'走吧,走吧,我看见了——你还不走吗?'他说的时候眼睛也不睁,还在呼呼地睡呢!"

小来感到新奇地笑了起来,两手按在沙土上,兴奋地拍打了两下。

大青见老得指着它,禁不住站起来,用舌头舔了舔他的手指。

老得上前掀开锅盖,用勺子搅动着,又捞出一个瓜纽儿,吹一吹放到嘴里。他说:"快熟了……唔唔,还是这东西好煮,一煮就熟。我和铁头叔熬鱼汤喝,常要熬上多半夜。铁头叔说:'千滚豆腐万滚鱼'——鱼是不怕煮的,越煮味道越鲜。铁头叔布袋里放一撮姜片,几截葱,到时候掐巴掐巴扔进锅里,和鱼一块儿在开水里滚。鱼味儿真馋人啊,人越馋就越有精神——告诉你吧,小来,那样的日子你没过,你就不知道那个好劲儿。露水珠儿从头上滴下来,吧嗒吧嗒往我眼睛上滴,往铁头叔烟锅上滴,烟锅熄了,铁头叔就骂一句。有时滴到锅盖上,发出'噔'的一声。小铁锅冒的白气一般分成四股,在月亮底下怪好看的……"

小来不时地问一句:"再怎么样呢?"

老得就像没有听到小来的话,继续往下说:"铁头叔在鱼快揭锅的时候就对我说:'该转一转了,老得……'我们就一齐爬起来,留下大青看住锅子,到葡萄架里转去了。一晚上就转这么几圈儿,从来没遇上贼。有贼也去偷别处的葡萄园了,他们还不知道这里有铁头叔吗？……转回来，我们就喝鱼汤。大青也要分一点，这个狗很馋。"

小来问："我们不去转一转吗？"

老得将锅端了下来："吃完了再去转。"他先挑出几块放到葡萄杈上凉一凉，然后抛给了大青。

他们吃过东西之后，就背上猎枪转开了。园子里黑乎乎的。一个个爬密了葡萄藤蔓的架子遮住了月光，黑得怪吓人。小来紧靠着老得身边走，生怕被什么伤害了一样。老得说："转常了就不怕了，夜晚的葡萄园咱说了算。白天王三江说了算。夜晚他也不来。你看我大声笑笑你听——"他说着停住了步子，喘了一口气大笑起来："哈、哈、哈、哈……"这笑声在夜间听来响极了，不知停了多长时间，远处仿佛还有这几声大笑。他又说，我喊喊你听："'呜——喂！''呜——喂——喂！——'……"

葡萄园在老得的呼叫声里震荡。大青在远处听到了，幸福而自豪地应和着："汪！汪！……"小来高兴了，也笑得很响亮……

他们走着，小来却一声也不响了，那样子像在想心事。停了一会儿,他突然说:"老得哥,我想问你件事……"

老得一愣,说:"什么事?"

小来低下头,用脚踢着葡萄根:"你写的……成天趴在小桌上写的东西!"

老得不作声了。停了会儿,他突然厉声问:

"说!你是不是瞅我不在时偷看了?"

"没有!没有……"小来有些慌,但他坚决否认着。

"没有!真的?"老得这才放开步子走下去。他问:"你小来也识字吗?"

小来点点头。

老得让小来在一棵树下站了等他,然后一个人转回茅屋去了。回来时他手里抱着一大叠儿牛皮纸信封,对小来说:"走,转回去!"

他们重新坐到煮东西的地方了。老得一手抱着东西,一下将火拨旺,然后命令小来说:"把手放在衣服上擦净!"

小来照着做了。老得这才将蓑衣铺到地上,将一叠儿大信封摊上去，让小来随便翻看。

小来拣出一个鼓胀的信封，抽出几张纸，见上面整整齐齐写着一行一行字。老得用手指点着说："这就是'诗'。你慢慢看吧，不要吱声。"

小来吃惊地咬着舌头，两手捧起来凑到眼前看。

老得说："你来得晚，你看一遍，葡萄园里的事就会知道不少。"接着问："你想知道铁头叔怎么走的吗？"说着从中抽出一个纸片，"你读这篇儿！"

小来读起来："……铁头叔冒雨走了／王三江这人太凶／茅屋里挂着他崭新的蓑衣／茅屋里只剩下我和大青……"

小来抬头望着老得。

老得说："这还不明白吗？王三江把铁头叔逼走了！那天夜里正好下大雨，他走了。我一觉醒来，小茅屋空空的，只有一个蓑衣挂在墙上了。那是他的新蓑衣，他看我的蓑衣旧了，没舍得穿走，淋着雨就走了……"

老得说着，眼里渗出了一层晶亮的泪花。

小来说："铁头叔真好……"

火焰正烧在旺时候,火苗蹿起老高,映红了两个人的脸。小来又展开了另一张纸:"……太阳升起来了／窗外有小鸟叫了一声／铁头叔许是累了／翻动着,嘴里发出'哼哼'……"

老得说:"这是早晨他在睡觉,他睡了,我趴在桌上写诗,他累得在炕上翻动着,嘴里发出'哼哼'……"

小来神往地看着蹿动的火苗,一声也不响了。

老得恨恨地说:"王三江欺负了一个看了一辈子葡萄园的老人!我早就说过的:铁头叔有骨!他一跺脚走开了,眼睛也不斜他一下。唉唉,要是人都能像铁头叔那样就好了!"老得说着低下头来,久久没有吱声。停了会儿,他把嘴对在小来耳边:"你知道吗?我去河西了!人家的葡萄园只是咱的一半多一点,承包额比咱还高哩。可是他们分钱比咱们多,现在要盖楼了,还要办罐头厂——这里边有'数学'啊,你想想,王三江在咱园里捣了多少鬼!"

小来钦佩地看着老得。

老得的眼睛定定地望着一个角落说:"要弄清楚

根底,非找小雨不可了——她管账。不管她愿意还是不愿意,我得看看她的账!不管最后费多大劲儿,我得找到那个'原理'!……"

一滴露珠落到了老得的眼上。他站起来,扛着枪,有些激动地踱着步子。蓑衣重新被他穿起来,由于衣角紧紧地缚在身上,毛儿都夯了起来。老得一个人默默地在火堆旁边走着,只看着脚下被映红的小草和泥土。海潮的声音退远了,芦青河的咆哮仿佛也停止了。葡萄藤蔓在夜色里纠扯成一簇簇黑影,像一座座重叠的山峦。不时有一两声含混而奇特的响动震荡在这重重的山峦之间;有时传过来的竟是让人费解的有节奏的声音,仿佛有一个老人在遥远的地方慢慢敲击着什么……老得的眉宇间皱成了一个"川"字,摇摇头,又摇摇头。他有时仰起脸来,长时间凝望着头顶那一片星星,火焰映出的是一副男儿粗糙而刚毅的脸庞。此刻他倒像个冥思的哲人——葡萄园孕育出的一个哲人!……

老得重新坐下来时,久久没有作声。他闭上了眼睛,像睡着了一般偎在蓑衣里。他揽住小来说:"小来呀,你每天走在葡萄园里,每天吃饭、做活、睡茅屋——你没有觉出什么不对劲儿的地方吗?你一定没有。是啊,人人都习惯过一种别人安排好了的生活,懒得动脑。我原来也这样。可后来园子包下来了,成了三十六户自己的了,我老想为自己的园子动动脑筋,想想里面的'原理'……"停了会儿,他睁开了眼睛,望着蹿动的火苗叹息着:

"钱真是个好东西啊,唉唉!它能让庄稼人过舒服日子;钱又真是个坏东西啊!看看,它让那么多人冲一个黑汉笑,怕这个黑汉!唉唉……"

小来不吱声了。停了一会儿他问:"你不怕,你怎么也去扳压气机了?"

老得的脸一热:"我也怕。不过我正寻思——我告诉你我正寻思嘛。等我寻思好了,把'原理'弄清楚了,我一定不会怕他。到时候我只做我该做的事。"

"你能打得了他吗?"

老得立刻想起被王三江用手砍倒那一回——他着实领略了王三江的威力,至少使他寻思"原理"的进程推迟了两个月!……他摇了摇头。

小来喃喃地："王三江会打人的……"

老得又摇摇头："我寻思过，如果世上没有'法律'，好东西都被高个子拿走了——'法律'会管的。所以，然而，于是，我就不怕他有力气了……"

停了一会儿老得问："那几年混乱你记事吧？你不记事！"

小来说："不记事。"

"我记事。"老得用手往西一划，"芦青河里涨水，涨出两个戴红袖章的女尸首来，头发粘在脑门上，只剩三根……吓人！"

"吓人……"小来不作声了。

老得说："好好的姑娘，还没工夫做媳妇就给打死了。为什么？因为那时候很黑暗，有'黑暗的东西'……我寻思：欺压人、捉弄人、霸道……"老得说着把声音憋得粗粗的，"还有王三江，都是'黑暗的东西'……"

"嗯。"小来赞同地说。

停了一会儿小来又补充道："不过，小雨就不是'黑暗的东西'……"

老得听了,立刻声音软软地问:"怎么就不是呢?"

"挺好看的,俊呢!"

老得好长时间没有说话,他又想起了小雨那天晚上的舞姿。他点点头:"不错。小雨如果不坏下去,还不是'黑暗的东西'。"

小来说:"我老觉得,"他咽一口唾沫,"我老觉得她身上是晶亮的……"

老得咬咬嘴唇:"也亮不到哪里去呀……"

天要亮了。火势也弱了。

小来还想看一会儿这些大信封,老得说以后再看吧,就收拾起来。收拾时掉出一张印了大红字的信封,被小来捡了起来,老得告诉他这是杂志社退诗时用的。小来好奇地问:"你让他们退吗?"老得笑笑:"相中了就不退了。我念书时跟老师学的,他写满几张纸就捎走的,有时也不退,印到了书上……我就仿他做。"

小来觉得有趣极了,又问:"哪里印啊?"

老得拍拍大信封:"杂志社,杂志社。我们叫'农业社'，他们叫'杂志社'，差不多。他们的社出书，我们的社出粮……"

小来笑了，脸上映出一丝淡淡的霞光。

九

园里的第一批葡萄要采收了。

果品公司照例来园里测试了葡萄糖度，以便决定收购等级。测试的结果是：这个葡萄园生出了全海滩上最甜的葡萄。

所有人都兴奋起来，三十六户的男女老少都拥到葡萄园里，帮着采收。王三江不动声色，只是叼着那大黑木烟斗。人们心里都有数，知道管试糖度的工作人员是王三江的老朋友。不过谁也不作声，就像拾了个宝贝，又高兴又怕别人知道。

王三江为了庆祝一下，特意在海上买来了三大筐肥蟹子、一筐鲜鱼，又到园里摘回几筐黑紫的葡萄，在茅屋里请人喝酒。客人有村里的头面人物，有果品公司和酒厂的,也有税务局的干部,甚至连县上的干部也坐着吉普车赶来了。他们从中午喝到傍晚,吵吵嚷嚷,屋盖都要顶得飞开了。

因为小雨的屋子被他们占了,小雨待在老得和小来的屋里,不时地骂一句。

老得听了很高兴。他和小来也趁机骂了几句。但有时他们骂得重了些,小雨却要干涉。她说他们:"混坏,敢骂我爸!"老得听了只是笑……正笑着,隔壁传来了一阵哭声,把他们吓了一跳。

他们跑出门去一看,原来大哭不止的是王三江,好多人已经在围着看了。王三江喝醉了。

小雨喊着"爸爸",上前去拉他,却被他一抬手掀了个趔趄。小雨跺着脚,看着围上来的人,最后捂着脸跑开了。

王三江醉成这样,大家还是第一次看到。他哭得十分悲伤,一双眼睛哀怨地盯着一个地方,嘴里不停地诉说着:"……我,我居功自傲啊!总觉得为园子立了功,就做起黑脸包公来了!我……难哪!老婆子在家里骂我,三十……十六户里也有人恨我。

我不好，我平时对人太狠了，这是活该的……有谁要知道我王三江的难处，也就好了……我！……"

他哭着，身子站不稳似的摇晃着，颤抖着，一双手老在胸前拢划着，像要把周围的人全拢到他的胸膛里去，老得觉得很有趣。

喝酒的朋友们劝着他，他越发哭得厉害了。有人说："别哭了老王，谁不知道你的心？你全为了三十六户过好日子啊！"有的说："你对人再凶，也是为别人好啊……"王三江好像全没听到这些，一个劲地捶打自己的胸脯："我也不全是为别人啊，我想自己舒服啊，想把三十六户当长工使啊，我是个多么混账的人！哦，我做过亏心事，我混坏……"

围着的人像不认识似的看着，议论着。

老得呆呆地望着他，不说一句话。他突然也有点困惑了。这就是那个走起路来摇摇晃晃，有时眼睛里能放出两束凶光的王三江吗？老得看看身边的小来，小来也呆呆地望着那个哭泣的醉汉。老得不解地摇摇头，离开了……

以后好多天，老得的眼前都晃动着那一张流泪的醉脸。

　　葡萄采收是很累的。一串串葡萄小心地摘下来，再仔细地装进筐里，要花费好多劳动的。所有小伙子都要用肩头扛起装好的葡萄筐，往一块儿集中，装车……老得几乎连一个上午的睡眠也没保证了，王三江常常派人把他从睡梦里揪起来，使他一边搓眼睛一边往外走，心里十分烦躁。可是他每次都走出茅屋，和大家一块儿扛葡萄筐。他的眼前老晃动着那个泪流满面的醉脸。

　　他把葡萄筐格外小心地放到地上，想着心事。他想那一个个圆圆的葡萄在筐里挤压着，被颠簸得够厉害了，再一震动就会破碎。他想自己心里长时间有个什么东西也像葡萄那样被颠簸着，挤压着，如果再被摔打一下就会破碎。所以他用心地护住这个"东西"，只默默地做活，别人跟他说话，有时他也像听不见一样。他的脑子有些发胀，眼睛也常常花晕。这不是好兆头。这是瞌睡搞成的。瞌睡前几年从来不招惹他，如今也赶来凑热闹了。瞌睡不是好东西，它也和王三江一块儿来挤压他身上的那个"东西"了。

傍晚时分,他不小心跌了一跤。因为要去护住葡萄筐,使他的身子重重地跌在一个葡萄桩上。一阵剧疼从他的膝盖爬到胸口,气得他大骂起来。这时候,胸中的那个"东西"就要破碎了,他咬了咬牙,忍住了。他重新往前走去。

那个"东西"是什么?也说不出。好像可以叫作"忍耐"吧。

王三江的大脚踏在葡萄园里,来来回回地踏着。这是园子里最热闹的时候了,找王三江的人特别多。他们从王三江的家里找不到,就追到园里来了。这其中除了财大气粗的果品商贩,还有省城机关出来采购水果的行政干部……有一次还不知从哪里驶来一辆锃亮的小轿车,就停在园子当中,引得劳动的人群全停了手里的活计看着。王三江客客气气接待着客人,顾不上管做活的人,等到车子走了,他就用那双眼睛扫一下四周。

老得扛着筐子,眼睛总要不断地从筐下斜上来,愤愤地盯住那个黑黑的身影……这个身影当然很大的,因为肥肥胖胖,走起路来才左右摇晃;也许就因为他能左右摇晃，才轻易不会跌跤子。老得这会儿想的是，如果在他摇晃时顺势推他一掌，他也许就会"扑哧"一声倒下去的。那必定是沉重的一跌，也许会折断两根肋骨。不过没人会伸出巴掌，没人有这个企图，这是老得看得出的。他现在弄不明白的是为什么不可以有这个企图。

老得想着心事，终于把视线从那个黑影身上移开。他低头看着脚下的白沙子，摇了摇头，又摇了摇头。他嘴里小声咕哝："怎么就不可以推他一掌呢……"在咕哝时他仔细瞅了一眼自己的手掌：宽宽的，十分粗糙，力量是足够用的。问题是怎样抬起胳膊，找一个好的角度伸出巴掌。胆量也是一个问题。总之，究竟怎样做他还没有考虑好。他还在忍耐，还在考虑——这么多人都在忍耐，也许忍耐才是个"好东西"呢！

他这样想的时候，眼前突然又晃过那张醉脸，使他心中猛然一动：假话可以真说，真话也可以假说，一醉遮百丑！这是一个有大智慧的坏人！老得又想起承包葡萄园的第一年，王三江是怎样不顾承包额的限制,把大笔钱交了公的。这个人惯于耍这样的手段。看起来他多么大度,多么重义轻财啊,其实他这是故意不信守合同,为自己买好,让三十六户吃个哑巴亏!这笔账也要算的,"原理"慢慢会找到的……"哼哼!"老得在心里发出一声可怕的冷笑,摩擦了两下巴掌,扛起筐子往前大步走去了。

正走着,突然不远处传来小来的喊叫,他一怔,抛了筐子,寻准方向跑了过去。

原来小来也被喊来做活儿了。他不知怎么被几个小伙子围起来,一个小伙子正拧住了他的耳朵,嘻嘻笑着问:"还敢不敢了?"

小来疼得嘴巴都歪了,连连说:"不敢了!不敢了!"

小伙子又说:"你说,'我是个海节虫……'"

小来吞吞吐吐地说:"我是个……海节虫……"

围起的一堆人都开心地笑了。

老得发现他们大多是平常跟在王三江屁股后头转的一伙人,就弯着腰钻进去,一把攥住了小来细细的手脖儿,一边往外拉一边恨恨地说:"黑暗的……

东西！"

拧耳朵的小伙子嬉着脸骂一句："臭老得！"

老得止住了步子。他转回身来，直直地盯住对方，往前上了一步。他的脖子又涨红起来，每一根青筋都鼓胀着，一双眼睛眯起来，射出一束可怕的光。他把腰微微弓起，同时将两只大手收到腰眼上，鼻子里"哼"了一声。他这样盯了小伙子一会儿，然后那腰轻轻扭动一下，往前又迈出一步。

大家都怔怔地望着他，最后目光一齐落在那双手上，一霎时静得很。

他十根手指松松地垂着，仿佛还在微微颤抖。大家几乎是同时都注意到了，那手背儿慢慢变成了紫红的颜色。他再往前迈出一大步，一双手握成了坚硬的拳头。

那个骂老得的小伙子开始还在笑着，突然惊讶地"唔"了一声，喊了一句"不好！"往一边躲开了……

十

老得将小来的手腕一直攥住,不歇气地往回走。他的手越攥越紧,使小来不得不求饶:"老得哥……"

他就像没有听见,依然往前走去。

小来哭了,用另一只手抹着眼泪。老得低着头走着,回头大喊一声:"不准哭!"

小来吓得不吱声了……到了茅屋里,老得用一只手上了门闩,然后把小来拎到了炕上,直直地盯着他。

小来无声地流着泪水,恐惧地望着老得。

老得伸出了黑乎乎的巴掌,高高地悬在小来头上,只是没有落下来。他问:"小来,你是海节虫吗?"

"不是……"

"不是,刚才你还说是!"老得暴怒地喝了一声,同时那个巴掌往下落了几寸。

小来大哭着:"我疼,他们拧我……"

"拧死,也不能说软话!"老得抖一抖巴掌,"再向他们说软话，我揍死你——你听见了没有？"

小来颤颤抖抖地说："我听见了……"

老得收了巴掌。

……这个夜晚，他们守在葡萄园里，坐在一棵葡萄树的黑影下，都不吱一声。老得架起小铁锅，点了火，小来就无声地去了。过了一会儿，他才从黑影里走出来，从衣兜里掏出了花生、地瓜纽儿，一个一个投进锅里。他做完这一切之后，又退到黑影里坐下了。

老得一遍又一遍地搅着铁锅，不停地捣鼓着锅下的柴火。

大青坐在老得和小来中间的地方，仰脸向上，只偶尔瞅一眼老得，再瞅一眼黑影里的小来……铁锅冒气了，煮东西的鲜味很浓了，大青愉快地活动了一下腿脚。

露水开始滴下来，又"噔噔"地打在锅盖上，落在守夜人的蓑衣上了。老得突然低低地叫了一声："小来……"

小来用刚刚听得见的声音答了一句："嗯。"

"你饿了吧？"

"嗯……"

老得把蓑衣抖了抖，坐在地上："你听，芦青河咕噜咕噜响……会捉鱼吗？"

"不……"

"我会的。有一年，我捉了一条花鲇鱼，好几斤重呢——鲇鱼做汤没有比。"老得说着瞅一眼黑影里的小来，"往火前凑凑，夜里有寒气的，小来……那一回下河，我被什么东西在肚子上划开一道口子，不合算的。"

小来不作声。只有老得一个人在说："小来，瞅哪天我去河里捉条鱼你吃——河鱼和海鱼就不一个味儿。我给你做个汤……"

小来还是不作声。黑影里，一会儿传来他细细的哭声。

老得走过去，把小来抱到了光亮地方，紧紧地搂在怀里。小来哭得更重了，身子在老得怀中颤抖着。老得说："小来呀，你恨我要揍你，恨吧！我也恨你——你说软话。我是为你好哩。"

小来抽泣着说:"我知道……"

老得把他放下了。老得把身子倚在了葡萄桩上,取过猎枪抚摸着。他问:"小来,我以后教你使枪吧?"

小来点点头。

"要学会使枪!双筒猎枪,你也该均摊一个筒子。以后你用枪打野鸡我吃。"

小来笑了。

老得高兴地用手抹一下他尖尖的下巴:"嘿,笑了,笑了。你不该恨我,你知道我是好心。记住——"老得说着严肃地板起脸来,"死了,也不能给'黑暗的东西'说一句软话——能记住吗?"

小来抿起嘴角,用力地点一下头。

"我跟你说过几次了,铁头叔有骨!他看了一辈子葡萄园,就没人听他说过一句软话。"

老得说着坐下来,一边搅锅里的东西一边说:"我是跟上哥哥嫂子过活的,爸爸妈妈早死了。那一年上哥哥家没东西吃,他们找到一截瓜根就自己煮了吃。我说了那么多软话,饿花了眼。最后还是我自己爬到田里,拔草芽儿吃……我现在这么弱,就是吃草芽儿吃的，吃什么像什么，我像草芽儿……"

小来说："我也像草芽儿……"

"草芽儿长成树——你看到大杨树苗了吧，小时就像草芽儿！"老得大声说道。

小来轻轻地说："得哥，我怕后妈。后妈老打我，后来我就怕后妈了，怕打我的人——连你也怕。"

"我以后不打你，原来也不想打你。"

"街上的人都笑我，说我像个粟子秸。"小来的手搓弄着披在膝上的蓑衣角，"他们还编了歌来骂我……"

老得抬起头听着。

小来问："你还记得'手拿碟儿敲起来'那首歌吧？"

老得点点头："《洪湖赤卫队》上的歌。"

"嗯。"小来说，"他们就用那个曲儿唱，把词换了，是骂我的。他们唱：'我是一个王小来，小时长得很富态。半路落到后娘手，从此不如一条狗……'"

老得听着，看着小来瘦瘦的手掌像敲一个碟儿那样抖着，鼻子一酸……他用力地抹去眼泪，上前捧起小来瘦削的脸蛋看着，又捏了捏他硬硬的肩膀，叫着：

"小来呀……"

小来的脸在老得黑大的手掌里转动着,轻声呼应:"得哥……"

风吹落树上几片叶子,落到了他们身上。一丝寒气吹了过来,大青抖了抖全身的皮毛。老得又激动地在葡萄架下踱起了步子。他像过去那样将枪抱在怀里,用力地揪紧了蓑衣角儿,步子迈得很慢,很沉重。眉宇间又拧成一个"川"字。他站下来,身子靠住了一丛葡萄藤蔓,久久地望着一片星空。他将小来揽到怀里,神往地、声音低缓地说:"……我常想那些星星里面会有人,想他们会过什么日子。我想'飞碟'。有时夜晚走在林子里,望着黑压压的一片,头发梢就要竖起似的。还有那片海,你望不到边缘,你觉得自己像一粒小沙子。我老觉得四周好像有什么东西要挤压过来,老要架起拳头抵挡。这时我就想自己这粒小沙子要碾碎难不难。这时我就故意大声地咳嗽,想寻找无数好朋友,想把什么都告诉他……"

老得说着,突然热烈地拥抱小来……他们坐在了篝火旁。老得说:"小来,我们一起住茅屋,一起使猎枪；我和你最好，你和我最好；我什么都告诉你，你什么都告诉我……"

小来用抖动的手捏住老得粗粗的胳膊："我什么都告诉你……"

老得说："我们什么都不怕。"

小来重复一句："我们什么都不怕！"

"王三江不怕！"

"不怕王三江！"

…………

老得这时候猛地站起来，朝天上举着猎枪说："我从买来还没有放过，他妈的，今夜来一家伙，听听响儿。"

小来拍拍手："朝天上打！"

老得低头说一句："大青，你不要害怕，我们打枪了！"

他和小来都抢下了蓑衣，神情严肃地望着星空。老得举枪的手松了松，倒换了一下。他说："小来，你盯住枪口，看它冒出什么颜色的火，你看准！"他一边说一边将两腿叉开，稳稳地站住了，两手卡住枪身又停了一会儿,然后扳响了枪机!

"轰——啪——"

一道火舌腾上空中,消失在星星中间。巨大的骤响震撼了整个夜的海滩,远远近近都在回应,远远近近都在呼啸!枪口老老实实地冒着一缕淡淡的烟气,老得仍高高地举着猎枪。

"嘿嘿!哈哈!哈哈哈!……"老得快活地大笑,下巴抵在胸骨上,一颤一颤的。

小来也笑了,他喊着:"红色的!红色的!"

整个夜晚都亢奋起来。老得和小来迅速地吃了煮熟的东西,又喂了大青,然后将火焰拨弄得高高的。火星儿老往上空飞腾,木柴在火中"噼啪"地响着。老得兴奋地大声吟唱着他的诗:"……春天一般化/春天干燥/秋天很好了/秋天往家收东西/到了秋天/我高兴得笑嘻嘻……"

小来蹦起来,反复着最后一句:"'我高兴得笑嘻嘻!''笑嘻嘻',嘻嘻嘻……"

老得听了反而不再吟唱,他严肃地问:"好吗?"

小来严肃地回答:"好。"

老得笑了:"我正在兴头上,一忽儿就能作一首。"

"你做!"

老得咳一声,盯着高高的火焰吟唱着:"秋天好,到了秋天不准懒／你看核桃变硬,柿子变软／怕事的人,也全都变大胆!……"

不知是血液涌上来,还是被火焰映的,老得的脸通红通红。

小来搂住了老得的胳膊,大叫起来:"老得!老得!得哥!得哥!你真是个大诗人!哎呀得哥……"

老得说:"你不是柿子,你也得变大胆!"

"我变大胆——你给我枪,我今夜自己到园里转一转。"

老得说"好",却抱紧了枪说:"停一会儿,咱一块儿转去吧……"

小来停了一会儿问:"得哥,你怎么就会作诗啊?"

"这个,"老得挠挠头皮,"我跟老师学的。我该再跟老师读几年,我什么书都喜欢!村里只供我读到初中,说这已经是能写会算的人了……我出了学校门，哭了三天……"

小来说："我是我爸不让读的……"

老得感叹道："书是个好东西啊！"

接下去他们谈了很多。因为兴奋，都忘了一旁的蓑衣，一会儿衣服就被露水打湿了。夜气多重，葡萄叶儿像被一场小雨浇过一样，在月亮下闪着亮儿……大青在即将熄灭的炭火下睡着了，发出均匀的鼾声。老得和小来谈了一会儿小雨，都对她那个圆圆细细的腰极有好感。老得说："圆圆的，像那些滑溜溜的大杨树桩一样……"谈过了小雨，自然还要谈她父亲王三江。两个人的神情立刻严肃起来。老得告诉小来一个刚探听到的秘密：前些天，一个电视机厂来车拉走了五十筐好葡萄，比收购价格还要低百分之三十！这是王三江批的条子。他家里如今有老大老大的"彩电"了；他偷税漏税，还和果品公司的朋友合伙，以次充好，不知卖给了国家多少坏葡萄！……老得说："这个黑汉子常常喝醉，他喝'茅台'！别以为手大捂得住天，群众全睁着眼。三十六户也不全怕他，有好多人正想去不去乡政府告他呢——经他手批的低价葡萄有上万斤……"老得说到这儿神秘地点一下头,小来忙把耳朵凑上去。

"你不知道,有些事情就是小雨告诉我的。小雨有时也骂她爸'混坏'!……你看吧,王三江这个黑汉有什么可怕的?有人怕他,也许以为葡萄园的好日子没他不行哩,这真是大误解!我寻思,'原理'这东西快离咱不远了!我想到这里就高兴。我把一些想法都写在了纸上……"

老得说着,从腰里摸索出一个皱巴巴的纸头。

小来费力地展开纸头,在月光下瞅着,那原来又是一首诗:

　　…………
　　挺起腰杆大步走
　　使劲甩动两只手
　　做人就做条硬汉子
　　黑暗的东西,都要蔑视
　　…………

十一

王小雨抓住了一只刺猬。她写了一张纸条，捆在刺猬身上，然后放到了隔壁的茅屋里。

老得和小来从园子里回来，睡了一会儿，就被屋里"沙啦沙啦"的声音惊醒了，他们起来一找，发现了一只刺猬，后背上还有一张纸条，上面写着：

"我是水蛇腰老得！"

老得笑了，对小来眨眨眼，小来也笑了。

炕洞里烧的柴草太多，热得很。老得一会儿踢开被子，一会儿又蒙上。他怎么也睡不着，就干脆滚动一下身子，和小来挨到了一起。小来的身子更热，这使得老得不得不离开一些。他咕哝道："小来呀，你到底年轻，热力四射！"

小来把手搭到了老得的腰上。老得说："小来，你说热闹不热闹死个人了！"小来说："热闹什么？"老得用手拍一下大腿："我老看见小雨在眼前跳舞！"

小来笑了，露出了很白的牙齿。

"真的，一闭眼就是。"老得认真地说。

小来说："睁着眼呢？"

老得翻翻眼皮："还要睡觉呢。"

他们一块儿笑了一会儿，高兴得将身子在土炕上上上下下耸动着。老得突然问："小来，你不是说小雨身上'晶亮晶亮'吗？"

小来点点头。

老得接上分析："那是一个奇怪的'印象'。我有时也觉得有的姑娘身上是晶亮的，仔细看看吧，她们都俊！"

小来同意地说："小雨就俊！"

老得好长时间不说话了。

小来只是细细地喘气，然后说："你这会儿，全在想她！"

老得惊讶地盯住了他，说："你长大了。"

小来瘦瘦的脸庞马上红起来……他伸出两手按在老得的胸脯上，将他远远地推开。

老得偏要往前凑。他搂住小来，在他耳边说："小雨看好我了。"

小来怀疑地盯住了他的腰。

老得说："真的。以前都怨铁头叔——他老吓唬我，说：'小心王三江砸破你脑壳！'——我就给吓住了。现在想，"他揉了揉鼻子，"现在想，管他哩！"

小来握住老得的胳膊欣喜地说："对，管他哩！"

他们就这样说着，声音越来越低，最后终于睡着了。醒来时太阳已经偏西了，那个刺猬还在屋角里爬着，老得搓揉着眼睛对小来说："帮忙捉住它。"他说着从白木桌儿里取个纸片，在上面写了："小雨，我和你好了。"

他和小来把缚了纸条的刺猬塞到了小雨的门缝里，然后就开始做饭吃了。

饭还是半生的时候，小雨就把门踢开了。她眯着眼睛看着老得，一只手里高高悬着那个纸片。

老得装着认真地瞅了一会儿那个纸片，嗫嚅道："这不是我的字笔……"

"水蛇腰！死老得！"王小雨把纸条抛到他身上，又骂了几句，一甩披散的头发出门走了……

小来怅怅地盯着她的背影。

老得捡起纸片说:"你不明白她。"

吃饭的时候,老得一直没有吱声。吃完饭,他将空碗砰地抛到桌上,说:"我怕他王三江什么?我寻思好了,小雨会帮忙的……"

他说完在屋里急急地活动着,抚摸着自己的胸脯,然后到隔壁去了。

小来待在屋里,奇怪的是听不到隔壁一点声音。他心里痒痒的,便蹭到小雨窗前偷偷地望。

原来王小雨正在读一本大书,老得却翻弄着桌子上的账本。小雨抬头看看老得,没有吱一声。她读到没意思的地方,就飞快地翻动书页,老得也飞快地翻动着他的账页。王小雨换一本书,老得也换了另一本账。后来,小雨看腻了,就提起水桶走出屋子……老得冲她的背影说:"小雨呀,你很好,你是个优秀的女青年……"小雨头也不回,只顾往前走着,说:

"你是个'水蛇腰'!"

十二

　　老得早晨蹲在茅屋前，一动不动地盯着前面密密的葡萄藤蔓……他站起来，大口地呼吸，扩胸，自言自语地说："老得，快行动吧！"

　　他看过了账本，心中的雾霭却并未完全驱散。现在要紧的是找园里老人，弄清那些账本上没有的东西……他和小来搓揉着眼睛，扛着葡萄筐，在人群里磕磕绊绊地走着。他和一个头戴酱色斗笠的老头子靠在一起，不时喊一句："罗叔啊！……"老头子将斗笠拉低，四下里看看，把手搭上老得的肩膀；老得离开罗叔，又去找一拐一拐走路的"拐子大哥"了……休息时，老得和一个叫"锅腰"的老汉躺在一堆空筐子旁边聊天，突然筐子"呼啦"一声塌倒了。他们费力地钻出来，看到一个三十多岁的人向一边跑去，才知道筐子是被他掀塌的……老得知道这是王三江的人，恨恨地骂了一句。

这天上午，王小雨正要到园子里去，王三江向茅屋走来了。

"爸！"小雨喊了一句。

王三江阴沉着脸，斜披的衣服拖在地上，没有应声，只是瞪着小雨走过来。

小雨向后退着，把手指咬到嘴里，退到茅屋，轻轻地在桌前坐下。

王三江迈进屋子，随即回身关了屋门。他用刚刚听得清的声音问道："你让老得看了账本？"

"账还怕人看吗？"小雨站了起来。

王三江咬了咬牙关，一巴掌打过去……小雨倒在了地上，嘴角流出鲜红的血。她盯住父亲，先是惊讶、迷惑，接着是愤怒和怨恨。她眼里没有一丝泪水，坐起来，死死地盯着父亲，一动不动。

王三江一边将所有账本都包在他斜披的黑衣服里，一边恶狠狠地说："你这个不争气的东西。你等着有好结果吧！你等着穿你的好衣服、玩你的吧！你这个又蠢笨又贱气的东西……"

小雨一声不响，就那么盯着他……突然，她站起来，掏出洁净的小手帕，小心地擦去嘴角的血迹，拍打掉身上的泥土，默默地走出了屋子。

王三江喊她，她也没有回头。

她一直向前走，走到了园子深处……

…………

王三江又喝醉了！他衣服拖地，在葡萄园里一摇三晃地一边走一边叫骂："他妈的，有人想算计我，你先摸摸肋巴骨！我怕什么？大风大浪也经过！……他妈的，有人还想学河西园子发大财——别做美梦了！这几十年里发了'过头财'的哪个有好下场？只要我王三江说了算，就保证老少爷们饿不着！狗咬吕洞宾，不识好赖人，瞎了眼的才算计我呢……"

他叫骂的时候，所有的人都停了手里的活计，定定地望着他。有人扮个鬼脸说："饿不着？早几年还不是他说了算，没把咱饿死！"有人冷笑着："是他自己想发'过头财'哩！"……王三江摇晃着，最后在一个葡萄树荫下躺倒了，呼呼大睡起来。

有人说："看看吧，他还是没醉，他还知道找树荫儿躺……"大家哄笑起来。

多半天,大家做活时都在议论河西的园子,都对一河之隔的这片园子的日益兴盛感到惊讶……小来和一帮子老人在一起搬着空葡萄筐,听人们说话儿。有人说起王三江家的彩电如何如何好看,大家就挤挤眼笑起来。小来气愤地说一句:"用葡萄换的……"可是待了小半天,刚刚醒酒的王三江不知怎么就知道了,喷着酒气走过来,喊道:

"你个小东西皮痒了!"

小来身子颤颤地退开一步。王三江又喊一声:"皮痒了?"

几声喊叫,使好多人都盯住这儿看起来。

王三江越发恼怒了,用粗粗的手指点着小来的鼻尖说:"三十六户养着你这个小瘦狗儿,你不正干!你皮痒了,我用巴掌愣拍!"他说着,真的扬起巴掌。

小来这时身子反而不颤抖了,两眼恨恨地盯住头上悬起的巴掌。他咬住了嘴唇,含混不清地咕哝了一句什么。王三江大声问:"你说什么?"

小来耸一耸瘦削的肩头,清晰地咕哝着:"黑暗的……东西!"

王三江这会儿听清了，猛地一巴掌。

小来被打翻在地。可是他就势在地上滚了几下，带着一身的泥土和草屑爬起来。他一动不动地挺立着，紧紧盯着对面那个黑乎乎的巴掌。

有人在一边喊了几声什么，好多人围了过来。有人上来拉架，被王三江一扳就扳开了。他说："我代表老窝教育教育他。"说着用手抓住了小来的胳膊，往他胸前拖。

正这时，人群后面有谁"呜哎——"一声大喊。大家都往那儿看去，王三江也抬起了头。原来老得牵着大青，肩扛双筒猎枪站在那儿，正满脸热汗，皱着眉头呼喊着。王三江一看，立刻松开了小来。他用沉重粗壮的嗓门威慑地喝道：

"老得！"

老得不慌不忙地拴好了大青，然后走到王三江跟前。

王三江挥挥手："走开，扛葡萄去！"

老得不作声，只是定定地望着他，眼睛露着很大的眼白。他咬紧了嘴唇，使下巴看上去比平常更歪斜一点。

王三江骂道:"混账东西!"随即挥起右手,五指并拢,就像一把钝钝的刀子,用力砍去!老得有过经验,趴下身子躲过,那一掌正好劈在他的腰上。

老得的腰痛苦地扭动着。他拧过脖子看着王三江,说:

"你是个很坏的……家伙!"

王三江又举起了手掌。

好多人拥上来拉架。王三江只是举着手掌,对众人喝道:"给我退远些看光景,看我怎么收拾这个'水蛇腰'!"他说着再一次狠狠地把巴掌砍下来。

老得这一次却极其灵便地、出人意料地拧过身子,两手抱成一个大拳,"嘭"的一下顶住那个手掌,然后就势往下一捅,捣在了王三江的胸口上……王三江恼怒极了!他跺了跺脚,拾起老得丢在脚下的猎枪,握住枪筒,把枪托照准老得的腰砸过去。老得不顾一切地用右手抓住了枪托,同时左手摸索到枪的扳机上,大喝一声:

"我打死你!"

王三江的脸色突然变得蜡黄,两手不由地松开了。

"我打死你!"老得又喊了一句,神色严峻地将枪端平,弓起了腰瞄准。

四周的人见老得在瞄准,一齐惊恐地摆着手,喊着,但是反而慢慢往后退开了两步。

"汪!汪汪!……"大青在不远处扑动着,愤怒地狂吠。它震怒了,一边大叫,一边把锁链甩得嘎嘎作响。

王三江往后退着,嘴里连连叫着:"老得!老得!……"

老得用枪指着他,却把脸转向人群,大声嚷着:

"这是个真正的坏家伙!他不知捣了多少鬼,坑害咱们这些没白没黑种葡萄的人!这棵邪树吸着毒水长了这么多年,小根须也比大拇指粗。光图个歇阴凉,受透了窝囊气,快伸出巴掌推倒他吧!这家伙也乱了阵——过去伪装得不错,现在又打小来又骂人……"

人群骚乱起来。有人指点着王三江,议论纷纷。

老得又说:"我寻思了好多天,寻思那个'原理'。这里面有数学,也有哲学!我现在寻思好了:大家哪里是怕他?是穷了几十年,穷怕了!所以今天得到一点好处就满足,过上点好日子就怕再丢失!还以为好日子是黑汉带来的,这真是大误解!河西葡萄园没有王三江这样的人,不是更好吗?他说河西发了'过头财','没有好下场',这是吓唬咱!藐视他吧!"

人群里没有了声音。大家默默的,似乎在思考着,权衡着。每个人的神情都很严肃,好多双愤愤的眼睛盯向了王三江……

拴在一边的大青一直呜呜吼叫,怒视着王三江扑动着。它总被铁链扯住,几次用祈求的目光看一眼老得。老得似乎没有在意。它于是愤怒地往上一蹿,当身子跌在地上时,两爪用力一按,铁链"咔"的一声折断了!

大青狂怒地扑向了王三江,老得眼疾手快地揪住了一截铁链……王三江躲闪着,趁乱一头扎进了人群里。

人们惊叹着,一齐睁大了眼睛看着大青。大青的眼睛晶莹闪亮,悲怆地怒吼着……

老得弯腰抚摸着大青的脖颈,安慰着它。当他抬起头来时,突然从人群中看到了身穿风衣的小雨!她正激动地看着他,咬着下嘴唇,睁大了一双美丽的眼睛……老得向她点点头,脖子上一条条粗粗的青筋鼓胀着,睁圆了眼睛喊着:

"我早在告示上写过:看葡萄的人新买来双筒猎枪,见贼就放,决不留情。枪是钢枪,上了火漆。有人看了告示来劝过我,我说:有心做贼,打死莫怨。贼在哪里?这个王三江就是全葡萄园里最大的贼!……"

老得的脖子硬挺着,很像苏联诗人马雅可夫斯基的一尊雕像。是的,他的确朗诵了一首很好的诗,虽然嗓子也喊得嘶哑了。

好长时间,人群里没有一点声息。大家只用敬佩的目光看着这个瘦削的年轻人……

王三江在人群里嚷:"老得你个东西,你想开枪刺杀领导——好啊,瞧我怎么治你!"

老得冷笑着:"是你先抓了枪的!再说枪里没装

火药，哼哼——"他扳了枪机，枪口里果然没有喷出火来。

人群里发出了快意的嬉笑……

三天之后的一个夜晚，有个陌生人来到茅屋，让老得跟上他走一趟。

老得十分执拗。他从破被套里摸出枪来，一边擦拭着一边说："我夜里要护葡萄园——再说，我又不认识你……"

那人有些恼火："你黏黏糊糊！让你走一趟就走一趟！"

老得气愤地指指门外说："给我出去！"

那个陌生人猛地拍了一下白木桌子，吆喝了一声什么，立刻从门外的黑影里蹦出四五个人来，拖上老得就走。

小来吓得哭了。老得刚骂了一句"黑暗的东西"，就被捂住了嘴巴。他们将老得拖出门去时，那个陌生人又小声吩咐一句：

"枪也带上，那是罪证！"

十三

　　这个夜晚，月亮迟迟没有升起来。星星很密，很亮。

　　风比往常吹得急了一些，葡萄叶儿频频抖动着，使整个园子充满了一种焦躁而急促的节奏。猫头鹰在一声声啼叫，山鸡也呼喊起来。黑夜使这个绿色的世界安静下来，有些小生灵却因为留恋白天的光明而不安地骚动。有极少数小动物在夜色里欢快地忙碌，它们喜欢这夜的凉爽，愿意在这时候到处走动。有时它们真的歌唱起来，那声调有热烈的，也有悲凄的，有的不免流露出一丝淡淡的哀愁……芦青河呜噜噜流过海滩平原，流入大海。它的声音统率了夜的声响，是夜葡萄园的主题歌。它的声音虽不昂扬，但却厚重，是一种常常在的声音。没有什么可以掩盖河水的奔流声。那些尖厉的野鸟的呼号使大海滩为之震颤，可是不久也就消失了……

天有些凉意。

王小雨突然被隔壁的哭声惊醒了。她刚坐起来，就听到有人擂门，开了门，小来哭着扑了进来。他说："小雨姐，得哥被人抓走了！"

小雨愣怔怔地看着他，两手按在他瘦削的肩膀上。从他的眼睛里，小雨明白了一切。这一切来得那么突然，那么出乎意料。她那天从园里回来，心窝老是噗噗地跳，现在才明白这是为老得担心——担心的事情终于发生了！她嘴唇颤抖着，给小来擦去泪水，然后扯着他的手跨出门来。

天阴得真黑呀！

他们向前跑去……葡萄藤蔓缠在一起，夜色里一团一团，漆黑漆黑，怪吓人的。他们有时一块儿给绊倒在地上，有时被野藤子勒住，从藤子上边跌翻过去……

他们不知跑了多久，突然听到一阵奇怪的声音。好像有人在远处的葡萄藤蔓里费力地挣扎着。他们听了一会儿，听出那是一个男人的喘息声、咳嗽声。他们赶紧跑过去。还离着老远，小来就挣脱了小雨，喊了一声："是得哥！"

果然是老得，他身上沾满了泥土。小雨和小来要上前扶他，他说：

"远一些，我身上有血！"

小来和小雨都吓坏了，反而不顾一切地挭上他，飞快地往茅屋里走。小来"哼哼唧唧"地哭着，说："我和小雨要去救你，去救你……"

老得一拐一拐地往前走，擤擤鼻子说："他们不敢扣留我过夜，法律不准他们……"

到了茅屋里，划亮火柴一看，小雨立刻吓得尖叫了一声——老得满脸是血，胸前的衣服都染上了血。小来呆呆地看着，看着，"哇"的一声大哭起来。老得拉过破被套枕在头下，生气地说："那主要是鼻子流的血，不碍事！"

小雨从她屋里拿来了檀香皂和毛巾，把手巾浸到了水里。她试了试，又往盆里添了一点热水。

小来还是哭着。他蹲在灶前看了一会儿，突然跑出了门。

小雨把盆子端到老得跟前，给他抹去脸上的血。

盆里的水红了。老得看着红色的水说：

"小雨呀，这回我跟你爸是势不两立了！"

小雨眼角里流下了一行泪水。她并不抹去，只是一下又一下地给老得擦脸。

这张脸上没有多少伤口，只是有不少处青肿的地方。老得告诉她：几个人把他拖到园边上一块柳林里，要用柳枝抽他，问他还敢不敢开枪打王三江了？他看不清这些人的脸，可是他从声音里听出是王三江身边那些人！他于是愤怒地推了他们一掌。他们一齐拥上来（其中有一个可能会功夫），把他打翻在地上……老得说到这儿又重复一遍：

"小雨呀，这回我跟你爸是势不两立了！"

小雨问："要有子弹，你真敢开枪打死我爸吗？"

老得说："法律不准的，我是懂法律的人。"

小雨不作声了。她看着被抹得光洁起来的这张脸，含泪念一句："死老得啊……"

老得闭上了眼睛，轻轻咏叹着："……铁头叔冒雨走了／王三江这人太凶／茅屋里挂着他崭新的蓑衣／茅屋里只剩下我和大青……"

小雨静静地望着外面漆黑的夜色，鼻翼轻轻动了动，嘴唇翘着，似乎要说什么。可是她什么也没说，只是默默地望着葡萄园。

小来回来了，提来了一条黄鱼——他要给老得做鱼汤。

老得痛苦地扭动了一下。小雨小心地掀开他的背心，看到了一道一道被柳枝抽破的皮肉，一汪泪水再也忍不住……她盯着墨黑的夜色，一个字一个字从嘴里吐出来：

"王三江这人太凶……"

十四

几天以后，王三江召集三十六户开了个会。乡政府的一个文书也来了。会上王三江宣布：因为老得一贯好逸恶劳，对抗领导，决定给予经济制裁。

群众里一阵骚动。有人站起来问："打老得的那些人为什么不制裁！"还有人问："是谁指使坏人行凶？""是谁？""王三江知道吧？""要查查看！"……会场上乱了。

王三江静静地坐在台上。他的大黑脸盘子上没有一丝笑意。过了一会儿，他突然将肩膀上的黑衣服猛地甩在桌上："制不伏一个老得，我王三江宁可不干！"接着又转向文书："你是上级派下来的，你来决定吧！"

文书咳一声，扶扶眼镜，然后慢腾腾地从挎包里捏出几张纸片说："这是收到的人民来信，是告你们领导的。我看他只是方法上的问题，大的方面还是清醒的！老得对抗领导，也不是偶然的……这些信件嘛，要存档的……"

"存档"两个字使台下的人惊讶地互相对看着。不知是谁小声说了句："这眼镜没少白吃葡萄。"

…………

老得的伤好了，又可以在葡萄园里走了。那些小商贩进了园子，总像看一个怪物似的盯住他看，使他烦腻透了。有一次一辆轻骑疾驰而来，猛地停在离他十几步远的地方，上面的人嘻嘻笑着，做着手势骂他，他刚要回击，轻骑车鸣一声长笛就驰去了……更气人的是有一天人们喊着"老得"跟他正说话，一辆吉普停下来，一位干部模样的人端量着他说："噢，你就是老得！一个青年嘛，是共青团员吧？可要严格要求自己，不要染上搞宗派、出风头的坏习气哟……"

不久开始搞现金预支了。老得果然受到"经济制裁"——只得到很少的一点钱。

小来的钱竟比老得多一倍。他把硬硬的票子一张一张摊到炕上，点数了几遍，决定将其中的一半分给老得，另一半交给父亲老窝。老得不要他的钱，说："他王三江的办法再多，我还是藐视这个'黑暗的东西'。他一辈子也许做成了好多事情，可就是制不伏我。"停了会儿又说："他的一切事情，在园子里是没有办法的。不过我相信他不会长久。葡萄园落在他手里，就一定不会再兴盛！有时我在心里焦急地对自己喊：'老得，快行动吧！'……"

小来点点头："快行动吧！"

这个晚上他们来到园里，老得好长时间不说一句话。他像过去那样将蓑衣紧裹在身上，踱着步子。

只是他怀中再也没有枪了。他不知有多少天没有理发了,那长长的头发被北风吹拂着,不断遮住他的眼睛,他伸手再拂开……他似乎没有心思去点篝火,只是默默地走着。有时他会停住脚步,歪着头倾听那远处波涛的声音;有时他仰起脸来,极目远望着那一天繁星。葡萄树!像山影一样叠起的葡萄树!老得在树下艰难地踯躅着,踯躅着。

小来抱住他的胳膊,小声呼唤着:"得哥……"

老得一动不动地站住了。

"得哥,你想什么呢?"

老得坐在了潮湿的泥土上。他声音低缓地说:"我在想那个'原理'……"

小来吃惊地看着他:"'原理'不是已经找到了吗?"

老得摇摇头:"有的找到了,有的还没有……我在想,王三江为什么有那么大的势力?我又为什么低估了他?为什么又是为什么?……这里面都有'原理'啊!要找到这些'原理'也许更难……"

"得哥!……"小来看着他,用手摩擦着他那双

粗粗的手掌。老得沉默着,最后站起来,提高了声音说道:

"我再也不愿看见王三江的大脚踏在葡萄园里——我老得走也!"

小来急哭了。他抓住老得的胳膊说:"不能走,你不能走呀!"

"这里现在不是我待的地方,但我还要回来!我和铁头叔早晚都要回来的!"

小来哭得更厉害了。整个夜晚,他都把头久久地贴放在老得的腿上。

…………

后来,老得仍重复着那句话,可他还是住在茅屋里。

小来为了给老得补身体,常到海上去要黄鱼。有一天他又听老得说要走,就不放心起来,告诉小雨说:"得哥说:'我老得走也!'……"小雨听了就跑到老得的屋里,说:"死老得,不准你走!"

老得摇摇头:"早晚还要回来的——不会太长久!"

小雨一动不动地望着他。

老得伸出手来，握住了小雨软软的手脖儿。小雨使劲甩，老得却握得更紧，用坚定、热烈的目光望着她。

老得声音颤颤地说："小雨，小雨，你和我好吧……"

小雨像个石头人似的一动不动。她突然挣脱出手来，说："不行！我看不中你的腰！"……老得像没有听见，只是展开长长的两臂，将她的腰按住……他第一次离这个美丽的、圆圆的腰这么近！他多次幻想着能够一够这个细小的腰，可是不能，他只摸过园边那光滑的大杨树……他把两只黑乎乎的大手放在这个柔韧的腰上，用力往上举起来，嘴里快乐地喊着：

"很好的！很好的！……"

"死老得！水蛇腰！"小雨在空中蹬着腿，尖声骂着，生气地从他手里挣扎出来。

这时候小来手里提着两条黄鱼跑了进来，一进门就对小雨说："熬汤给得哥喝吧……"

小雨涨红着脸望着小来，没有作声。停了会儿，她怏怏不快地接过黄鱼，咕哝着：

"有葱花吗?……"

十五

秋天即将度过。

最后几穗葡萄,是由小来一个人看护的。那一天晚上,当小来拖着疲惫的身子回到茅屋时,发现屋子空空的!他仔细瞅了瞅屋里,看到炕上只有他自己的被子了,白木桌上,是老得的蓑衣;蓑衣上面,留下了老得刚写下的一首诗:

"小来弟,我老得走也／天下这么大／我走到哪里,都不怕／挺起腰杆,做个好人／一辈子不受恶人欺压……"

小来扑到了蓑衣上……身后有什么响了一下,他抬起头来,见小雨眼睛红红地站在门口,一动不动地向里望着。

"小雨,得哥……"

"得哥走了……"小雨呆呆地望着老得常睡的地

方说。她倚在了门框上，两肩抽动起来……

这天，好多人都知道了老得走掉的消息。人们一群群地拥到茅屋里，长时间默默地坐在老得休息过的大土炕上。他们坐在那儿，有时听到门外大青的呼唤，以为老得又回来了，就一齐推门去看：外面，再也没有老得了，只有一片浓绿的葡萄树在风中抖着枝叶……

后来，王三江也知道了老得突然走掉的消息，有些慌促地赶到了茅屋里。

小来哭个不停，但他见了王三江，立刻擦干了眼睛，挺直了身子站在那儿。

王三江声音低涩地问："小来，你知道老得哪去了吗？"

小来只是望着远方的葡萄树，就像没有听见。

王三江又问了几句，问不出，就急匆匆地转到隔壁看了看，背着手走去了……但没有走出多远，他就听到了一声怒喝。回头看去，小来满脸红涨，正放开喉咙向着他大声喊道：

"挺起腰杆大步走／使劲甩动两只手／做人就做

条硬汉子／黑暗的东西，都要藐视——！"

王三江打了个愣怔。

"都要藐视——！"小来又迎着他大声喊一句……
…………

天慢慢寒冷了，地上铺满树叶。小来和小雨都消瘦多了，他们牵着大青，蹒跚在葡萄园里、大海滩上……白色的沙滩上，到处是赤身裸体拉网的人们，小雨看到了，就赶忙转身跑开。白白的网浮儿漂在海上，上网之前，拉网人愿将赤裸的身子躺在温热的沙子上。小来太思念老得了，他几次一个人跑到他们近前，将仰卧在沙滩上的小伙子误当成老得……

有一次他看到一个小伙子面向大海搬起一块磨扇般的黑礁。他还是第一遭见到这样有力气的人，禁不住惊讶地张开了嘴巴——小伙子把礁石举上去，举上去，两个臂膀的肌肉聚成几个疙瘩，颤抖着，慢慢地又渗出一层油来。那大石块多沉啊，他的两只脚都深深地陷到了沙子里……礁石终于举上去，举过头顶。强劲的胳膊，铁钳似的手掌！这简直是力的炫耀啊！……"哎呀！哎呀！"小来在心里惊叫起来。

这时，不远处的海上老大呼喊起来，小伙子听到声音，迅速抛掉石头，向着长长的网纲跑去了——小来突然看到他的腰扭动了一下——多么熟悉的扭动啊！

"老得！"小来惊讶地蹦跳起来。

"得哥——得哥——！"小来呼喊着，奔跑着。

"哟——使足劲那个哉！哟——！"

"哉！哉！……"

海上老大用粗亮的嗓门呼叫起号子，人群都靠在黑色的网纲上。小来的喊声和海浪的拍击声、号子声合在了一起，立刻给淹没了……

这时小雨也从一边走过来。小来向她指点着那个消融在人流中的身影……

大海的边缘变薄了，又皱成一朵朵花儿，向脚下平展展的沙岸抛撒着；它的那一边，则和瓦蓝的天空紧紧缝合在一起，一片片白帆，就永久地停泊在那蓝天碧海的交接处了……

远处，一群黑红的、赤裸的身体活动起来。号子声震人耳膜。小来和小雨呆呆地站着。大青跳在了那块抛下的礁石上,昂头看着涌动的人群,像凝住了一般……

小雨望着茫茫的海水,眼泪一串串滚落到她的风衣上……小来望着她,又伸手给她擦去泪水。他咬了咬嘴唇,坚定地对她说:

"总有一天,他会回到葡萄园里来的,和铁头叔一起!"

1983年7月—1984年6月

起草、修改于青岛、旅顺、北京

附：

大地负载之物

现代生活对人的全部侵犯

《我将逃往何方》这个题目是出版社确定的,他们引用了一篇文章中说过的一句话。在那篇文章中,这个"逃"字也不完全是针对了城市,而是指现代生活对人的全部侵犯,包括了环境污染、人与人的紧张关系、没有尊严的生活,等等许多。

城市生活自有其方便的一面,所以作者还是相当喜欢城市的。城里人多,人多力量就大,各种好东西都给搬到了城里。但是我们的城市因为太贪婪,东西越搬越多,还要不断地膨胀,这就带来了许多生存上的问题,反而害了自己。噪音之大,以至于震耳欲聋;还有堵车,街巷上长长的车阵长龙,让人望而生畏。这都是摆在我们面前的难题,最终可能也难以解决。还有住在"天上",不见阳光,生活紧张,抑郁症。种种现代城市病是很严重的,医治起来也十分麻烦。

乡村也有乡村的问题,比如贫穷落后,物质贫乏,迁移过来的大量工厂,等等。所以只是"逃"走最终也不是个办法,而是要立足于建设和改变,不然人就将无处可逃。

爱惜自然是人类的大仁爱

土地生长了万物,包括人。离开土地人就不会安宁,这都有体会的。土地才有强大的生长力,人与土地更亲近一些,也就是在学习土地的生长,也就有了巨大的创造能力。

爱护土地,不使人类自己的活动影响它的生长,是现代人的重要命题。爱惜大自然,这也表明了人类的大仁爱。没有这种大仁爱，现代人自己的生活也绝对不会幸福。没有土地即没有了人类存在的基础，也就谈不上人的价值了。

过去听过一个故事，据说是真的：一个海边村子决定要砍伐一片林子，结果一连多天都听到有什么在半夜嚎哭，这声音是那么大，就好像从大海里发出来的似的——每天人们安歇之后，这声音就出现了。这声音让人发瘆。后来才明白，这原来是林子里的各种野物发出来的哀号。它们是为自己生存的家园即将被毁而泣哭。

可见万千生物都有一个基础，我们人类现在是自己动手，把自己的这个生存基础给破坏了，所以一切价值都谈不上了。

立足于自己的生存之地

人在乡土和城市间生活，都需要好好爱惜这个环境，建设这个环境。不然一味逃离，落脚到一个新的地方就会再次去破坏。城市不好逃到乡村，乡村不好再逃到哪里？有的人嫌中国不好，就逃到了外国。可是外国主要是人家外国人建设起来的，人家建设好了你再逃过去享受，这就有点占人家的便宜了。关于移居，这里面有个深层的伦理问题，需要我们先在心理上解决掉。

我们会发现，越是对环境破坏负有责任的人，往往越是逃得快的人。他们或他们的家人曾经把一个地方留下了深刻的创伤，比如毁掉了大片的林子，结果呢？首先想到的不是负责任，不是留下好好植树种林，而是逃开，是扔下。这就不好了。人立足于自己的生存之地，爱护它建设它，活得就会心安理得。有的人到了外国，常常感受异地的不适，以及其他种种不安。这当然是必然的。那里不是你和你的亲人一手建设起来的，一草一木都是人家祖辈的辛苦，你只是去享用，这怎么成。

要平等地看待乡村和城市，不能为了建一个大城市，就把一大片乡村都破坏了。有这种不良的心理，一座大城市即使建好了，慢慢也会败坏，它败坏了，有人就会再往乡村跑——这样就形成一种恶性循环。

乡村和城市都是大地负载之物，都要真心热爱，有了这样的仁爱之心，乡村和城市也就平衡了。

想告诉别人一些心得，和大家一起爱护我们的环境——思索现代人类的种种不幸之中，我们除了逃跑还能做些什么？想提醒人们多注视一下我们身边的自然之美，并看看我们为保护它们还能做些什么？

山川大地对人的塑造力

从根本上讲，人和植物差不多，都有一个跟水土的关系。水土产生文化，文化反过来也会滋养人。有时候人们更多的是从文化塑造人这个角度去考虑问题，反而忽略根本性的东西，就是整个山川土地对文化的决定力。我们常说到这个：要努力地改造文化，用文化去塑造理想化的人或社会。实际上，有更强大塑造力的是山川土地。

比如说西北的人，他们比较粗犷，那里产生的艺术也是的。这与山川风物有关系，它比较起来不会那么细腻。这里是裸露的大地，很粗糙的地表，有些地方绿色很少。北方的山绿色少一点，山石裸露比较多，所以轮廓清晰，更有棱角。北方人跟南方人不一样，一如它的山川。南北方比一下，比如说泰山和黄山，泰山的植被不及黄山，秀丽程度也不及。泰山的气象看上去更肃穆庄严一些。

山川的气概和人总是接近一点的，它的气息跟产生的文化吻合。一个地方的风俗、一个地方的文化，肯定是来自于这些最基本的东西，它就在脚下。有时候如果像改造文化一样去改造自然，比如说改造大地，能不能反过来影响人？那当然也会有一定的影响，但可能性十分微小。因为山川土地是大自然的形成，是更漫长更复杂的一个过程，涉及到地球、天体物理这一系列运动中的恒久演化，人力很难去改造这巨大的客观存在。或许这样想一想，对认识文化与人这个问题有好处。

异地文化改变当地风习

看起来异地文化会在一定程度上改变当地的风习，实际上也是这样。在城市化的这个过程中，每个地方的人工痕迹都在加重，楼房越起越高，人越来越多地生活在大中小城市里面。所以他们的行为方式或性格就会有所改变，跟在旷野里活动的人很不一样。比如说海边的人、平原的人说话声音都很高很大，因为他们在那样的一种环境里，要互通声息就会不自觉地大声去喊；这些人回到房间里说话，本来用很小的声音就可以了，但是他们还用很大的音量。原来他们保持了长期以来一代代在旷野里活动生存的习惯，就像野地的风、海浪、河水的声音，就是那么自由豪放的。长期生活在城市里的人，更多时间是在巷子里、房间里，而且人也多了，既有一些私密要保护，也用不着那么大声地喊着去传达自己的意思了，所以说话的声音渐渐变得细、变得低、变得柔和。

  这是城里人跟乡里人的区别,也是知识分子和体力劳动者的区别。刚才讲的是说话的改变,这只是一个小例子,还有更多。这里边也不排除城市化时,外地人口的涌入所带来的异地文化,它也会改变当地风习。但是我们这样谈,仍然把它局限在一个微小的视距,放大来看,所谓的城市化也是在一个地方的山川大地的大背景下发生的变化。它的这个变化在很大程度上,或者从根本上讲,还是受制于他们生存的更大的背景。比如说上海人,他们到北方去创业,也要带着自己的文化习俗,但生活了十几年或者更长时间以后,从生活方式包括性格都会发生改变。这些改变看起来是北方人对他们的影响,但考察起来,北方人自己又为什么会呈现出这种状态?还是受制于山川土地的力量。人的生活规范、行为特征,是从大自然中形成的,它要消失特别难。

人的区别来自水土

因为土地的气息潜藏得很深，它会长久地作用于一个地方。比如北方的城市化，一些城市楼房哪怕盖得极像南方，那么密挤和高耸，似乎有的地区很像香港，但是只要走进去以后就会觉得气息完全不同。这个不同是文化资源给出的差异，而刚才说的山川大地又是最根本的资源——是它在起决定的作用。

在这儿学校的小说坊里有一个发现，就是这一屋子上课的男女，其中有从大陆来的，大致能看出来，尽管他（她）不开口说话。有的已经来香港生活了许多年，也还是能看得出。

从北边来的人，比起香港这边的人，他（她）还是比较有棱角，是这样的感觉。举手投足间、眼神，几乎不会认错。他（她）们比较有棱角，体现在许多方面。一种难以表述的、很熟悉的气质，在各个方面都保留了。而香港的学员不同，这与个子大小无关，与这个人的五官、穿什么衣服也关系不大——可能还是地方文化，是这些在制约、在区别。文化的烙印很难消除，因为这些从根本上讲，还是来自水土的。

再造绿色与当地生态

再造绿色当然是好的，亡羊补牢，比没有绿色要好得多。但是再造的肯定取代不了原始的，原始之物是漫长的历史中自然形成的。比如说河流，人工硬开一条河，它会流得跟原始河流不一样。原始的河流更自然更恒久，因为它是多少年来跟地球自转、人和自然的对抗与合作诸种复杂的过程中形成的。说到林子，原始树林的树种比较复杂，植起的林子一般都是成片单一的树种，或从异地搞来的树种，这也改变了当地的生态。

原生林是许多树种共同生存，里面不同的树生不同的虫子、微生物，栖息不同的鸟雀，互相有制约的互助的关系；比如说阔叶和针叶、常绿和冬天脱叶的这类树，都有奇怪的合作和互补的关系，包括它们的营养和腐殖层，都会相携相助，抵抗外部侵害的能力也强，这跟我们人工造成的林不一样。但是没有办法，还是需要造林，因为要增添绿色，造林总比不造林好。

人的简单化和专横心

外地一些很好看的树，当地总想拿来美化环境，这个都可以理解。但这个还是需要主导事业的人、决定绿化的人怎样做得更科学一点，比如必须要调查这个树种到底是什么特性、怎样与他者谐配，尽可能让其归附自然。归附自然不是归附绿色，而是和一块土地融为一体。这些烦琐在我们的绿化工作中有时候给简化掉了。我们对待文化、城市规划等诸多问题，很容易简单化、一刀切，做起来有时不太顾忌后果。我们会告诉自己：做事情需要审慎一点、复杂一点，要动脑要心细，还要有境界。

造林实际上不是一个小问题,有时走到一个人工林里边去,比如说是一片白杨、一片速生杨或一片松树,常常看到成行成垄的好大一片,大小距离都差不多,会有一种很不舒服的感觉。因为我们投入自然就是为了寻找自然,但人工的力量把这种自然生态给破坏了。其实我们在做这种好事之初的时候,就应该事先做出更周密的研究,尽可能仿造原生林。我们这种本意要维护生态、结果却破坏了生态的思维,人类的这种莽撞力,就源于同一种简单化和专横心,太以自我为中心了。这与对待思想、对待人文的很多做法,是同一种趋向。这也会造成人文世界的无奈和单调,这更加让人痛心。

水土的不同影响到发音

来自外部的那种影响我们觉得同样巨大,但外部的影响开始进入到内部以后,人的外部形态才有改变;我们甚至觉得就是人的五官、人的骨骼这些特征也受水土决定。比如说同一个地区的人种，生理特征会形成一种共通的东西，这也是来自于水土。欧洲人、非洲人、东方和西方人，都各有不同。越是往东，越是呈现出蒙古脸形。但是细看还会发现：同样的东方，在一个很小的局部地区，竟然也会有共同和不同。比如说同样是胶东半岛，它的东部和西部人从"质地"上看也会发现一些"集体差异"。一个典型的东部海边男人，他的脸形、神色在那一带会找到许多，而在半岛西部却是极少见到，那是另一种神气和模样。

"质"是质感、本质；"地"是材料构成、来源，最初就指土地。这个质地、仪态，主要集中在脸上。具体比较起来，他们好像一个是一个，那当然不会一样；但作为一个群体，又会觉得他们的脸似曾相识，在同一个地区有很多。这就是共同的水土决定的——它可以不客气地把人全部改变和作以规定。还有口音的问题，相信也是水土的问题。比如说两个县，以河为县界，这个村庄在河西，另一个在河东，两个村庄相距只有短短的一华里左右，口音却会有明显的不同。可想而知,几百年上千年以前按这一线水为"界河"划开了两个县,其中是有分隔根据的——当地人那时候可能就察觉了河两岸水土的不同,可见这是非常神秘的事。相邻的县说话有相似的地方,但无论怎么接近往往还是有细微差别的,因为水土的不同影响到了发音。当地老百姓都知道这个道理。

有时分处两地的人说话也通,但这种"通"是一种语言知识方面的传达,还不是语调。我说的是更本质的一面,它不是语言知识层面技术层面的,是语调——这才是更内在的、难以分解的生命里的密码,它通过声音携带出来了,保留下来了。如果让外地人听,比如说听山东人说话,可能觉得东部西部都差不多;但是要本地人识别,他就会觉得差异极大。因为从内部分解这密码就很容易了:不要说一个近亿人口的大省东西部的区别了,就是县与县之间的口音,甚至同一个县的两端还有区别。所以说这是水土在起作用。它的力量,比想象的要顽固、要强大。

七十二泉与文雅之事

水土的决定力，具体到怎样就没法讲了，因为它是极其复杂的。它是类似"基因"层面的东西，是那么细密深入的学问才可以接近的什么秘密，太复杂了。只是现代人越来越不关心一些根本的力量，倒会特别注重一个小的"场"、一个小的地理局部或社会局部对人的制约。

说到地理环境，讲讲济南。这个城区在大山的下边——济南在泰山山脉的北部，山水的高度与北面的平地生出了较大的水压，所以到了城区就要冒出很多泉，所谓的趵突泉，还有七十二泉等。这些水把山上的一些植物和矿物都带下去了，水质非常特别。过去那些山林中长生的道士和尚就喝类似的山水吧，当然还采药炼丹，他们长生。济南城里的人爱喝泉水，直到现在每天早上还有人排很长的队去取自然冒出的泉水。

这里有的泉水有松树针叶气味,感觉很特别。刚才讲的水土决定人事,比如济南,这个地方自西以来的诗书氛围、人才多聚,肯定是与泉有关。喝那么好的水,起码是一个地方的水源好,人很容易在这里聚居。用这么好的水煮茶,常了以后就会影响人的消化系统,皮肤及生理各方面就好一点——之后人就有了余兴,去做文雅的事情,以后文明就发达起来了。循水而居,有时候泉比河还好一些,它更了不起;这对济南是一个最宝贵的馈赠。

济南的南部是一片山,是在山北边的一个洼地建起的一座城市,又在古济水之南。这应该是一个很适合聚居的地方。到了春天以后,有泉水,有很多的杨柳。记得70年代末80年代初,大明湖岸是黄褐色的沙土,还有柳树,春天来了往那边一走,暖洋洋的,这个感觉真不一样。现在楼盖多了,湖边还有一些塑料铁质玩器、更多人工造物。城市化实际上就是互相模仿的过程,有时会伤害当地的传统和历史。

让孩子多看大河大海

人感受山川土地的气,有时与人的接收能力有关系。比如有的人非常敏感,能够到不同的地方去感受不同的气。这个"气",说成"气质"也行——土地的气质和人的气质也差不多。

比如说这时候会想起西方的一位诗人,他写过"黑夜里我走遍大地"的诗句——人有个感受,在平原地区,夜里一个人在大地上走动的时候,感觉是奇异的。看不透的远处像有一层雾,薄薄的雾,看不到边,像海洋一样。这时的安静,更让人感到一种大地的气息:辽阔、厚重、遥远。你会不自觉地把自己溶解在一种大地感受里。如果人在城市,到处都是楼房,哪怕街上没有多少人,也完全没有那样的大地感了——是一种被人工痕迹纵横交织起来的地方,总觉得在人堆中挣挤,离大地特别远。但是到一个有山的地方去,比如说到山区去生活,晚上走在山地里的感觉和平原也大不一样。山地不给人那种辽阔感、漫漫无边的浑茫。有一种苍凉感，但是和平原不一样，它给你更多的神秘，黑影重重叠叠……这种不一样有时很难表述出来。

由于生活的人、生活的环境不同，最终会形成人的许多差异。所以一个人总是在城市的巷子里边生活，与一个常常面对无边的平原、高山大河、大海的人，气质上当然会不一样；充分城市化的写作者和思想者，内部的细腻敏感和曲折在发达，但另一种辽阔苍茫、犹豫迟疑之类，或许稍逊。大江大河、大海边的那种生命的超脱感，巷子里没有；可是繁华又生出现代的异思奇想。对艺术来讲，很难说哪一种更好，各有特点，但肯定是不一样的。这就是土地的气质改变了人的气质，可以找到许多比较明显的例子。

实际上我们现在的文学越来越走向街巷，越来越脱离那种裸露的原来的自然。所以有的人愿意把孩子带去看海洋、看大河，目的就是要让他从小在心里有"大"有"浩瀚"有"浩渺"这些概念和感受。

有的人极而言之，说从小没见过大江大河大海的人不会有出息。当然这也未必，见仁见智的事，但这种极端化的言论也会启发我们。人有时候确是要到大自然里去感受和接受，让真正的无边和浩大去改变我们现代人的狭窄局限、过分的技术文明所带来的一些负面认识，这样肯定是有益的。

人在城市这座笼子里生活日久

有时候一个人在大自然里感到很舒服，因为他在这个地方长期生活过，对一切都相熟了，对自然如同旧友。可真的有害怕大自然的人。有一次从西边的一个大城市里来了一个记者，他从来没有看过大海，傍晚有人陪他到海水浴场，他不会游泳，就下到浅滩上玩。可是他离开岸边大概只有十几米，水刚刚达到他的膝盖那儿，他就吓得喊起来，很害怕。这个地方跟他个人的生活经验、平常看到的环境是另一个极端。他以前顶多看一下湖、河流，突然看到这片远望无边、和天际线连在一起的大水，就有了恐惧感。他按着头说："我晕。"

这让人想到鸟。本是天高任鸟飞，可是很多鸟从小在笼子里养大，如果把它放开，它只飞一会儿就惊慌了，干脆又转回笼子里。这个笼子就是它全部的经验世界，它在这里才舒适、安全。我们有的人在城市这座笼子里生活久了，到更自由更自然的世界里会觉得不适，无所适从，而且还会产生一种不安全感。实际上人在现代化的过程当中，看起来一部分经验在不断地开拓，认知世界在不断地扩大，实际上另一部分却在不断地缩小和封闭。人在不停地造一座笼子，它越造越小，越精致，然后把自己装在里边。到最后这个笼子打不破了，就是打破了也出不去——这是人类发展的一个最大的问题，它改变了人性，会影响我们对很多问题的判断，让我们生存的基础都彻底改变了。

生命中有一部分神秘的力量

浪漫主义或写实逻辑主义的不同，有时候跟世界的文学潮流文化潮流有关，但更多的还是个体的差异造成的。生命中有一部分神秘的力量，它很早就决定了这个生命的道路和趋向。比如说浪漫主义气质的作家，他生活在一个很理性的环境里面，最终还是会很浪漫。它是个先天的东西，后天对他的影响起不了决定性的作用。如果他受到很现实的文学的影响，会模仿他们，写一部分这样的作品，但浪漫的种子一定会在心里发芽和长大。无论东方还是西方、中国或外国，都有各种各样的表达趋向，甚至不光是写实和浪漫这两种，还有可能是介乎两者之间或其他五花八门的东西。但是通常人们大致要分成这两种：浪漫或写实，更逻辑或更感性，就像李白和杜甫的区别那样。

现在西方的文学潮流可能还大致是这两种，写实的和浪漫的。比如说很神奇的马尔克斯这位拉美作家，他的大部分作品都很浪漫。但他很真实地表达了拉美的社会状态。再比如说美国的索尔·贝娄，也是一个非常典型的浪漫作家……

他在把物质主义、物欲主义的西方，把商业高度发达、科技高度发达的世界给予了独特和深入的表达，那时他的经验和东方欠发达国家完全不一样。他的文学，比如说二三十年前的一些代表性作品，在今天的中国人看起来很亲切，因为目前我们所面临的精神问题、物质问题，他早就写到了。他充分感受了那种社会状态。我们现在的中国作家体会的环境、一些感受，他在当年就有了，并有更淋漓尽致的抒写。像这样一个作家照理说应该是很现实的，他面对的描述和分析对象是物质和科技，是现实和理智，可是看了作品又会觉得他是浪漫气质很浓烈的一个作家。他完全把现实和科技这个逻辑层面的东西，让个人的浪漫主义激情给融化了。

还有一个人，是日裔英国作家石黑一雄，他的《残日》(另译《长日将尽》)、《浮世画家》也是极其诗化和浪漫的。他追本溯源写大家族：日本的大家族和英国的大家族，既有社会历史层面的深入，有非常好的剖析，但又将这些充分地投入到个人的诗性之中，是非常浪漫的。格拉斯前期的作品《铁皮鼓》，也非常浪漫。

写实的作家不能说是第二流的，只是另一种不同。比如说文学艺术是"诗"和"真"这两块的组合，写实作家"真"这一块更大而已。英国一个很著名的文学批评家说了一句话，大意是：文学史上，一个作家要留下重要的作品，必须同时具备两个本领，一是杰出的新闻记者的才能，即敏锐地把社会现象捕捉到，并及时逼真地描述报道出来；二是诗人的幻想和变形能力，能够让材料飞扬起来，注入一种强烈的个人化的东西——这两种本领都有，才能成为一个杰出的小说家。

很同意那位批评家的话。现代主义运动当中产生了两种作家，刚开始有许多都可以归于浪漫主义这个范畴，后来再走下去，走到今天就开始改变了，慢慢又回到写实里边去了。也有一部分所谓的现代派失去了市场，所以就有一百八十度的大转弯，比写实作家更现实化了。因为大多数读者并不浪漫，一是一二是二。读者要欣赏诗意、接受变形的艺术，要有相当的阅历和艺术修养、艺术视野，包括先天的才能。所以杰出的现实主义艺术是基本的，有时候也是困难的——它要从务实和现实跃到一个更高的诗境，实际上已经走过了很长的路。

强烈的社会责任感也是原动力

有的人认为，强烈的社会责任感会压抑想象力，会使个人的创作手法变得单一。但也有人不觉得这样。一个作家强烈的社会责任感，是一种道德基础、一种勇气，它作为同一种原动力，一定会在艺术层面上变得更勇敢更大胆，两者是相辅相成的。所以有时候我们会发现文学史上有个奇怪的现象：那些没有表现出强烈社会责任感的作家，往往在艺术上也是单薄贫瘠的。相反如托尔斯泰、雨果这一类道德感强烈、对人生问题很执着的、永远固执的这一类作家，在艺术上同样走得比较远，他们的想象力保持得最好。

　　对于想象力，不能过分表面化地去理解。有时候我们会把那些大幅度的、从外部看起来很大胆的设计当成想象力强大：比如说一个人突然变成了一个魔鬼、一个神怪，或者突然具有了哪一种上天入地的能力——从表面看起来很奇特，作者很有想象的"勇气"和"天赋"。这当然属于想象的一种。但是另一方面它也遮蔽了一个问题，就是想象力退化之后，往往会更加借助于这类不着边际的思维跳跃和出奇的编造。想象力不是搁在表面的东西，而是需要内在的激情和诗意、需要更多的生活经验去把一切衔接起来。它要求把个人的生命经历充分地调动起来，有理解力和穿透力，接通陌生事物的神经。也许没有生活阅历、在艺术上学步的孩子更能发生一些大胆的狂想，这是常见的。所以说越是好的作家，越是能够在看似平常的描述中体现卓越和强大的想象力。比如写爱情、人与人之间的关系、一般生活中的痛苦与欢乐，更能看出一个人的想象力如何。从这些平凡当中写出新意，通过语言一点一点抵达，这才是真正耗费想象的事情。

想象力不是表面的，不会那么廉价和简单。它是一个极其复杂的问题。当一个人在情节上越来越偏离现实、越来越趋向于大幅度的切换时，很有可能说明了想象力在萎缩。稍有创作经验和人生阅历的人一看就知道，这样做的难度是不大的。强烈的社会责任感不仅不会压抑想象力，恰恰还是这种能力的原始助力，是推动的。鲁迅、李白和屈原，这些最感时忧国的人才更为浪漫。屈原的想象力是最灿烂的，这在文学史上是公认的。他那些奇特的想象，如餐花饮露、天神鬼域，想象力真是达到了极点。到现在为止，这种大幅度的跳跃式的想象，还绝少有超过屈原的。所以说强大的忧虑和牵挂，它同时也是想象的原动力。

对于个人风格，浪漫主义或写实主义，好像只是手法，与其他无关——其实也不尽然。有两个比较好的例子，同时代同国家的雨果和巴尔扎克，比较起来，雨果的浪漫主义至今没有过多的陈旧感。但巴尔扎克似乎老旧得要快一点。雨果是一个诗人，更能够直抵文学的本质。他的《九三年》和《巴黎圣母院》是一种极其个人化的独特表达。所谓的浪漫主义，我想就像是一列高速快车，经过了一再提速，它就稍稍飞起来了，离开了写实主义的地面。

书上有那么多土狼的后代

书（《刺猬歌》）里有人和动物、人和怪异之间的转换，小动物也在那儿说话——一些刺猬、小鸟和鳗鱼对话……这为了服从于整部书的韵律和色彩，使其和谐自然，最担心阅读时觉得突兀。动物们到一个地方可以像人一样说话了，读者要接受，一点都不能觉得它不着边际，这样才行。这要与整个书的语境顺起来，与书的气质顺起来。只要能这样，做起来就自由了。

但如果用分析鉴别的目光看，特别是了解那个局部的社会历史变迁，就会发现书里主要的人物关系和事件的来龙去脉，这些没有什么变异。动物拟人化之类，就小的方面看有，大的方面也没有。美蒂是人，不是刺猬。她和廖麦是人和人的爱恋。严酷的政治斗争一波一波下来，失败的一方为了活下来，都跑了，逃离镇子，到野外林子里流浪去了。因为当地有很多关于莽林的神话传说，有人就将身穿蓑衣出现的小女孩美蒂说成了刺猬精，半真半假地叫着。书中的一些"土狼""狐狸"之类，也都是镇上人在林莽传统神话传说的氛围下形成的叫法，更多是比喻性的称谓，有时是假托。这些在具体语境下能够分得清楚。流浪在林莽中的异类——阶级敌人或子女——回来了，因为社会环境宽松了一些。但他们仍然愿意别人以野物来称谓他们，以模糊那段可怕的记忆和历史。这也为了从心理上保护自己，他们宁可把自己当成真的野物才好呢。

他们这些身份奇特的人，是介于现实和传说之间的人。我想抓住这种逻辑关系去写。但实际上读者仔细看，就会知道他们是逃跑的人或其后代。在长期的流离失所的野外生活中，他们没有衣服穿，并养成了与镇上人不同的生活习惯。书上有那么多的野狼、土狼的后代之类,实际上都是在这种严酷的社会环境里生活着的各种各样的人。他们的可怕遭遇又与世代流行的林中传说混而为一,有时他们自己都愿意相信自己是野物,这才活得更好更安全。传说林子里狼会变人,所以镇上人看到谁跑得快、非常凶狠、脸很长,就会联想到他是土狼的后代,还给他取这样的外号。实际上有地方生活经验的读者会知道这既是一种想象和夸张,也是在写一种现实。书中写那个得巨睾症的人、脚长蹼的怪人,实际上也是有的。

个别人就这样,是一种病,他们偶尔一见。这种人据说有巨大的潜水能力,海边人认为那是鱼类托生到人间,因为走得太急没有变得彻底的缘故。我为了服从整部书的气息、语言环境和色调,愿意突出这种角色。我喜欢这样的小说:有地方的神奇和传统,又不飘离地面,有严格的现实生活依据、有当地风俗逻辑关系的小说。因这样的作品是有根的,不会中空虚蹈。完全不负责任的编造,在动物和鬼魂中随便穿越的自由,那倒没有什么难度,但是失去了现实生活强大的逻辑关系和民俗依据，就廉价了，没有力量了。

　　美蒂为什么从野外回来、她父亲为何选这样一个时间领着她归来镇上，是有严格的历史现实依据的。如果不是开放的80年代，他们父女不可能结束流浪。这样循着线往前找，整个小说就落地了、真实了，每一个主要人物和情节都落在地面了，也不再虚幻。如果读起来有缥缈的那种感觉，这是因为海边文化风习的原因，我利用了当地文化的色彩和韵致。我觉得这有难度。如果是不让现实的逻辑关系坐实，不让它落到地面上，那就非常可惜了。书里边每一点细密的历史关节都落在中国的那一片土地和现实上，这或许需要熟悉一个地区的历史和文化才能理解，但作为一种艺术质地，其他地方的读者也能够感受的。

在角色设定的内部给予无限的开拓

　　不仅廖麦没有虚幻色彩，其他的几个也没有，但廖麦尤其没有。他更"正"更现实一点，在我心里，他在品格上是充分"人化"的一个形象，最能够挣脱镇上民俗传奇的虚幻，最能脚踏实地，是一个在新时代充分醒过来的男人。书里边也有很多跟动物没有什么关系的人，至于他们，也要受当地传统和民俗风气的影响，那是另一回事。

这是种非常中国式的文化理想，当然只有人才能去完成、去具备。如果他也要和动物混在一起，并且也神神鬼鬼的，齐文化色彩过重，有那么多余兴，那么多不切实的浪漫，跟他的气质就冲突了。这有点矛盾、有点不贴切，他追求理性，所以是多少排斥这些东西的。

有人问起"唐童"这个名字，其实对它作者想得不多，字面上看就是一个典型的中国人的印象。唐童嘛，中国的儿子、中国的孩子，在中国的文化背景里才会产生的一个孩子。就字面容易这样看，但实际上没有考虑得太多；只是从发音上听来它有气息，觉得这两个字合起来做一个人名，能让我把握。唐童这个人，从事实上分析，他做了杀人不眨眼、极黑暗极残酷的事情，没有比他再坏的了。可是有时又会觉得他有很可爱的一面，如对爱情执着、看不得苦难、遇到什么悲伤的东西就哭；他甚至还有一些很率气的东西，也是一个能吃苦、有勇气的人。他也有纯粹的浪漫的东西，喜欢中国艺术，比如说国画、京剧。他的情感、想法，有许多是率真的。

这好比中国的戏剧，人物上台就把角色给分好了，黑脸、白脸、花脸。所以他一登台，不用表演就已经固定了是什么人，都给画好了。唐童被固定为一个小丑脸谱，反正是一个不好的角色、反面角色。但京剧给角色定性之后并不把他概念化，而是会在角色设定的内部给予无限的开拓、开掘和演绎。所以他有更加不可诠释和限量的复杂性，这是中国写意艺术的一个特征。唐童也不简单，他极其复杂。在坏人的人性里，他有一万个坏也会有一个好，把这一个好给遗漏了也不真实。所以唐童有时还让人喜欢：罪该万死，偶有可爱。

这是长不大的一面，他有依赖性。但上边的狐狸，也未必就是真的狐狸，她有可能是在野外生活的一个老人，也有可能是唐童的一种幻觉——在野外喝了酒，躺在那里胡想和发泄的那种状态。可以多解。珊婆这个人就更现实一点，她是一个泼泼辣辣的农村女人，这种有大能的乡村女人很多。比如胶东，有些村子有大能的男人女人，从身份上看不一定是领导，但在村子里是不能逾越的一个人物。

因为各种原因成为有大能的人

村镇中有一些潜藏的人物，他们很有力量。他们因为各种原因成为村里有大能的人，所有人都要依赖他。现在差一点了，城市化、现代化把原来的文化结构给打乱了，现在的乡村文化层次给破坏了，处在文化断裂的一个时期。就像《古船》中的四爷爷，胶东人看了觉得它是真实的——一个大的村镇里，领导者不一定是真正的掌权者。掌握村镇的人很可能是一个没有任何职务的人，只由于辈分高、由于智慧和经多见广、老谋深算，就成了村子里的"人王"，王子的王。这个人可以是男的,也可以是女的。珊婆这个人就是那个地方有大能的女人。这种人现在少了,因为现代化的过程中,这种传统的宗族性的地方文化结构给冲乱了。但是前二十年左右,到了大小村镇里,基本上都能找到那么一个人物。他(她)是这里最后商量事情、裁决事情的一个人。这是乡村文化的一部分。

他们不一定是蓄意要这样做的,而只是文化的蓄养结果。比如说村里发生了什么大事,特别是有了不能决断的事,有人就会说:"问问二爷爷吧",再不就说:"问问三奶奶吧。""人王"一说话,这个事就解决了。珊婆就是这样的人,他们这种人很文学化,很有趣,也是很深刻的民族性格的呈现。他们本身的文学色彩和神秘性,彰显出来就很有意思,也很真实了。

回避现实的某些危险性

关于乡间暴力的描写,当地的人看了就不会像城里人那么费解了，他们一看就知道是为了回避现实的某些危险性，作者把它寓言化了。但是尽管那个痕迹粉饰得不错，当地人压根儿不想当成寓言，这是因为现在有钱人要积累更多财富，常常要养蓄黑社会势力：这些打手平常打鱼、做营生，一旦有事，立刻就变成武装人员了。

他们平常做营生，该打鱼打鱼该做工做工，一旦有需要就干别的。比如说近来揭露的那些情况，那些黑社会打斗的队伍在哪里？就在公司里，在办公室里，一声号令拿着武器就出门了。现在有的地方势力是蓄养黑社会分子的，一旦出现冲突，平时做营生的人就拿着棒子刀子，坐个大巴就出去了。这帮人养在珊婆这儿，是更专业化的，他们不在唐童的公司里，而是在另一个地方，这等于是半专业化的，比如叫保卫处、保安部，或是什么养殖场，这儿更专业。珊婆不光在资历上生活经验上给唐童提供保证，不只是自然资源，还提供武装方面的资源。到了最关键的时候，她这一帮训练有素的黑社会人员，最难解决的问题都干了——一般的事情唐童的保安部、保卫处就做了。

现在报上揭露的东西产生了很大的震荡。它粗暴地解开了所谓国民生产总值上升的巨大代价、滋生的各种怪态。

剧烈商业竞争的社会,没有精神信仰的族群,很难从根本上遏制黑社会。《刺猬歌》写这些非常现实的尖锐问题,比近期报上披露的要早,这些东西在表现上需要变形,比如土狼,稍微有现实经验的人看,一点都不会觉得陌生化,一目了然。

干旱的自然和激烈的现实

它可以提供给不同的地域,从而产生不同的理解方式。这本书如果更多年后还有人看,除掉了当代性这一块——即依赖于这个时空里特殊的一些文化、思想、社会矛盾所产生的思想与艺术力量——文学的人性的部分仍然可以存在,它还可以向前走,这是我当时考虑的一些问题。

到现在为止,《古船》《九月寓言》,后来是《外省书》和《丑行和浪漫》,得到了较充分的发挥。但是走到了《刺猬歌》这儿,自己和自己比较,创作达到了以前没有超越的个人高度。它有很多的层面,它是一个现实感特别强的飞逸的作品。它处在两极:一方面飘逸浪漫,另一方面它扎根在特别尖锐的社会现实里。比如说"打旱魃""紫烟大垒",不说它们就没有了神话的色彩,而且完全会写成老旧的农民起义,艺术层面和现实层面的表达都很困难。

尽管好的文学可以容纳写实那一块,就像那个英国批评家说的"新闻记者"那一块。但全是这样写,就是另一种结构、另一个色彩了。而今想与齐文化,就是胶东文化、民间传说连接起来。比如胶东的"打旱魃"。

"打旱魃"过去有的,可能是五六十年代以后就不再打了。有的村庄是打的。总是不下雨,天旱得厉害,他们就到处找"旱魃"——到处都干干的,什么也不长,老人就到田野里找旱魃藏身的地方。大地到处都干透了,如果田里有一块地方特别的湿,就那么一小块,旱魃肯定藏在里面,就要设法逮住它。但是常常挖不到的,比如多次听人讲,有一个地方来了一个国民党县长,戴了一个银桃子,领人扒陵……老人都这样开头叙述……县长让很多人围上陵墓,因为那坟堆是湿的……

那个旱魃藏在了坟底,那个坟包都湿到了流水那个样子,居然就在一片干得要命的土地上。村里很多人都去看。人群围起坟包,都在挖。有的说最后什么也挖不出,也有的老人说挖出一个长了很多白毛的、全身长出白丝的那么一个怪物。传说中,正确的处理方法是把他打死了,将他身上的衣服、皮肤、骨骼、肌肉都弄成很小的碎块,它撒到哪里,哪里就下暴雨。所以打死旱魃的人都去抢那些东西,携到四方,让天下大雨。

打死的旱魃碎块分到了哪儿,哪儿就下大雨,都这样传说。台湾的山东籍作家,也写了打旱魃的故事,因为他是山东人,带走了这边的传说。所以说打旱魃是这个地方传的很多的,是民间文学。今天使用,就反映了许多特别的意味,并且把干旱的自然和激烈的现实都包含了。"紫烟大垒"看起来有点神化，实际上不是，因为农民没有文化，他们看那些巨大的现代厂房冒着紫烟，就说是"紫烟大垒"——他们不懂是化工厂还是什么。

所以这种"变形""虚幻"，同时又是真实存在的东西，和最眼前最现实的东西结合起来，找到了表达的基础。这和拉美的魔幻现实主义讲出的道理是一样的，不同的是各自要植根于自己的土地，这样才心里踏实。

这方面的故事好像是《山海经》最早有，旱魃在《山海经》画出过。但从小就听老人讲打旱魃，印象强烈。说到这个，我们刚才探讨的写实主义和浪漫主义，好像就这样结合了。就像战地记者一样去迅速敏感地纪录，那样的场景书里有很多；但是民间传说又很浪漫很诗化。我个人觉得《刺猬歌》的写作对自己难度大一些，因为要作一本二三十万字的书，需要高度的和谐凝练，有现实力量，有细部思维及文字落实……这样一些不少的努力。

林子成为最不能忘怀之地

十六岁之前是生活在一片林子里的。十六岁以后才到处游走：先是胶东半岛地区，而后又是更广大的一片世界。可是小时候的林子成为我最不能忘怀的一个地方，发现越是年长，它越是让人怀念和留恋。说实话，在心中，走遍大地，也仍然找不到比童年生活的那个自然环境更美的地方了。这个意识很固执，以至于常常觉得自己有一多半的使命就是为了讲述它，它的所有故事。甚至想，在未来的一天，如果人们厌烦了现在的建设——这一天总会有的——就会按照书中对那个环境原貌的记录，去重新恢复那片原野。

"现代化"不完全是褒义的

"野地"指浑然苍茫的一个大世界，不单独是指乡村乡野。一些大城市、闹市，比如香港，都是"野地"的一部分。

不停地盖楼造城，这大概是一个过程，所谓的"城市化"过程。不过这个过程必然有个盛极而衰的时期。我们是第三世界，一切都很初步，"城市化"对许多人来说还是相当新鲜的东西。再发展一段，受够了"城市化"的苦楚，就会琢磨起更高级的生活了。这是个很朴素的道理。

但我们最好从一开始"城市化"的时候，就想到以后。不然将来就会后悔，会因对辛苦的工作而产生的破坏感到懊丧，狼狈万分，会发现劳民伤财费时几十年才弄成的东西，原来是这么土气落后、这么有害于我们生存的东西。说到底，"城市化"和"现代化"一样，是个中性词，它不完全是褒义的。

不能像溜冰那样浅浅地划一道痕迹

影响我们当代人类幸福的，对大自然的破坏是一个重要方面，但却与人性的恶化深深地连在一起。人心变坏，大自然就变坏。这里面是人的全部的问题，而不是什么单纯的环保的问题，远没有那么时髦和轻松。最沉重的还是人的问题，这也是作家心中永恒的问题。

作家不会简单地理解自然环保，不会滑向一个时髦的话题，那样就会浅浅地划出一道痕迹，写作变得像溜冰一样。

城市应该让生活美好，但还要看是什么样的城市。目前的城市生活并不美好。可是第三世界的乡村又往往是贫穷落后的代名词，那里穷得什么都没有的时候，谁还有心情为他们放一曲田园牧歌呢？

城市的急剧膨胀既害了自己，又害了乡村。城市里那么多的水泥和钢筋，分给农村一点多好？那么多的柏油路，分给农村一点多好？有人说：这就是城市化啊！不过，目前的城市化，我看主要是大城市的继续膨胀、乡村的进一步贫瘠。

从土地到人（就是民工们），都在受城市化的掠夺，全世界又有多少例外呢？简单点说，爱农民才是爱人，才是仁政，才会使一个国家、一个民族强大。大片的农民在悲伤，正过得寒酸，这时候一个民族实际上即处于最脆弱的时期。

想让生活慢下来，再慢下来

香港山水极美，不过这里的大多数人都太忙了，没有更多的时间去享受它们。我们想，忙碌是一种必须，也是一种习惯。

让现代化的城市居民慢下来，只会是一个美好的梦想吗？

回顾我们内地、我自己，也太忙碌。我们将来会尽一切努力让生活慢下来吗？我担心，无论是一个人还是一座城市，匆忙总会出错的……

我后来在城市生活的时间远远多于在乡村生活的时间，虽然渴望有从容的个人时间，实际上也总是匆忙得要死。我早就成了一个不幸的城市动物。所以才更想念童年的林子，想让生活慢下来，再慢下来。

匆忙的日子一定是不断出错的日子，而有些错误我们可真是犯不起啊！现在许多地方都是大大小小的香港和上海——尽管它们之间区别也很大。其实都是一条道路，"现代"的道路。人们在奔向城市化、现代化的道路上，暂时还没有更大的想象力、没有什么灵感。东方西方，最后都在盖大楼，搞夜总会，穿奇装异服，说时髦话……没有想象力，没有个性。从商业社会的角度讲，香港比较有序。可是有序又怎样？匆忙而有序，匆忙却让人惋惜……

未来的高楼人士一天到晚忙碌，行色匆匆，连读书的时间都没有了，更没有那样的心情了，幸福又怎么会有？不仅没有，这样过一生也许真是太亏了。

书与茶，静与思，劳动与休息，这才是我们心中不打折扣的"现代"。

我们要建设一个知书达理的社会，要活得有尊严，不知还需要一起奋斗多么久，这个过程可能会很漫长。香港有许多美好的东西需要内地学习，只要它安静下来，就会变得更加美好。

物质主义对人的伤害不是某一个地方的问题，而是普遍的状况。社会的每个阶段都会遇到一些问题，物质主义扭曲了我们人类的生存，造成了最大的创伤。

读当代外国文学很少

最爱读中国古典，特别是屈、李、杜、苏。外国的，俄罗斯作家一直喜爱，他们影响很大。读当代外国文学很少，因为这种阅读常常让我失望：它们往往没有什么内容。索尔·贝娄和马尔克斯、石黑一雄很喜欢。库切的个别书，气正动人，也读。

读一些好的古典作家，会觉得现在的作家写得也算不错，可惜就是趣味不高，或许还可以说——太下流了。

"三人行必有我师"，我自然从当代写作中、从同行中，汲取了大量营养。但这还是两码事。

始终关注地质工作者的事

出生的地方在海边的林子里。小时候,身边就是母亲和外祖母,她们很忙,我常常独自在林子里、海边玩。那是龙口湾,渤海湾的一个小港湾。后来看到很多帐篷,原来那里发现了石油、金矿、煤矿,地质队来了。我很孤独,就常常去帐篷玩,去睡觉,听地质队员讲故事,看他们工作。他们的生活和工作,我都很好奇,印象特别深,这对我是很大的诱惑,就想自己将来也能干那样的工作。不过,后来考大学,却考了"师范",但一种情结却留下了,也就始终关注地质工作者的事。

还因为受一个事件的影响。书中的主人公叫宁伽,他是生活中的原型,是我的挚友,是知识分子的孩子。80年代初,宁伽这批年轻人特别热衷于辩论,他们读很多古今中外的书,谈理想,谈抱负,有过一场关于理想和精神的大讨论。那是50年代前后出生的一批人。当年,我多少也成为这一故事的参与者。后来我身边的几个朋友辞了职,带着帐篷,抱着地理地质方面的数据,出走去了很多地方,志向远大。但我没有走成。那是商业化、物化年代正热的时期。后来,他们中间有的人回来了,有的人死了,有的人经商了。1993年也有一场为期三年的人文精神大讨论,所谓"二张二王"之争。人们拿我的文章和作品作例子,其实这场争论中,我没有参与写过一篇文章。我总觉得,不了解这批人,就不会理解这个民族的现在和未来。于是我始终有种冲动,写他们成了一种责任。还有第三层面的缘故,为什么选择写地质呢?因为地质的思维材料更结实,植物学、土壤学、岩石、动物、山脉、河流,现在的文学,虚幻的东西多了。因此我选择主人公是地质工作者。

大的框架和思想坐标

为了写宁伽他们,沿着他们走过的每一个地方全部实勘一遍,抵达那个广大区域的每一个城镇和村庄,记下它们的自然与人文。除了非洲,日韩、欧美、东南亚,也都去了,这就不失全面,作品中有很多关于欧洲、东南亚社会状况和情节,这么大的框架,思想坐标、市民的框架,少了不行,时间的跨度、地域的跨度,在这个空间和时间,没有这种人种的比较、文化的比较、经济状况的比较、制度的比较,很难深刻理解宁伽这一拨人在转型期五花八门的行为和思维。

中国的转型不是近一二十年的事

这部作品浓墨重彩放在1950年前后出生的这一代人,这批人经历了多少事,挨饿、反右、"文革"、中国转型、改革开放、文学复兴、理想讨论、商业化、物质化,这拨人说保守,却比上一代人开放得多,说不保守,又干不了六零后、七零后的事,他们承担的多,分化得也厉害,紧紧抓住这拨人写,太重要了。

自己身上的弱点，也要不停地反思和批判，作品写的就是这个过程，身上有这一拨人共同的优点和弱点，作为一个个体，优点和弱点在哪儿，就要严厉地对自己作出追究和批判。这部作品另一个浓墨重彩的是写了一个所谓"我"（宁伽）的家族的故事，一百年历史，中国的转型不是近一二十年的事，至少需要追溯百年才能稍稍作出评判，对人生作出探讨。

巨大的压力和张力没有释放

我不是以大为美的人。要说一点没有考虑读者的角度，那不可能，但基本不考虑。写这部作品，是1988年起步的，之前发表作品很多年了，《古船》等获奖不少，但我总觉得内心巨大的压力和张力没有释放，无论是艺术还是精神方面的探索，都还没有充分展开。原来写了五百六十多万字，后来一再修改压缩。我原先的构想，十多万字一卷，分成三十九卷，每一卷读起来就轻松了，每一卷都有小故事，三十九卷汇总成一个大故事,是一整部,主人公就是这一拨人。出版社出于技术处理,出成十个单元十册,每册五十万字左右,这样也可以读。我写作,基本不考虑读者,讨好读者而过分考虑市场,写出的作品不是严格意义上的纯文学,这话或许有点极端。但为读者去写,作家必然作出很多妥协。

把自己的心绪释放出来

实在不是为读者写作,更不是为大众写作。究竟为谁写作,慢慢才想明白,是在为遥远的"我"写作,写作时总觉得在很高很远的地方另一个"我"在看着我,写作要让那另一个"我"满意。这说法虽有点虚玄,有点禅味,但这样表述比较准确,就是为了苛刻的另一个"我"而写作,这才是真正生命个体的创作。如果都为争取读者写作,在艺术手法和精神层面,你就会有很多妥协,要受商业化市场、口碑、评论家的束缚,以便达成共识,那别人也可以这样写。

如果为了苛刻的"我"、遥远的"我"去写，是别人不可取代的，是独一份的。这一套书完全是自己巨大的内心宣泄，是否能出版，都不去考虑。不为任何人写作，只是把自己的心绪释放出来，人活一辈子不能委屈那个苛刻的"我"。为他写作是最高境界。

始终保持道德激情

原先是想花十年时间，写完就四十岁，1990年发生一次车祸，没有处理好，前后住了三次医院，最长的一次三个月，出院后写作速度就慢了。写这部书，劳动量太大，需处理的问题多得不可想象。我是很爱惜自己的，作品要过自己的水平线才会拿出去。用笔写完，家里人帮计算机打字，自己在计算机上一改再改。眼睛出了问题，最初是五号字，后来小四号字、四号字，最后改完是三号字，放大了看，眼睛才舒服。伤筋动骨地改，每一部都改四五次，一般的改动，每一部都几十次。打印一遍稿纸一大摞，复印几十份，让一些能讲真话的哥们读，约他们喝茶，让他们谈看法，他们都把书稿往死里砸。记下他们的意见，不马上改，沉积过后回头改，有时都过去四五年了。前后那么长时间，作家最重要的是始终保持道德激情，情感真纯。这些一旦降低，作品的艺术含量就不行了。

读书是人类的一大嗜好

人们常常议论现在的读者如何少，人们如何忙，没有时间读书，等等。其实这不是一个问题——或者对这个问题已经视而不见了。因为对阅读的渴望是人类的一个特征，它总是存在的，在任何时候都存在。有的人发现：恰恰是在他人生最窘迫最忙碌、几乎是衣食无着的时候，却是阅读最多的时候。是的，有的人后来时间更多了，生活条件更好了，阅读却比过去要少得多。这个现象并不是个别的，它十分发人深省。

真实的情况是，人群中潜存的真正的读书人从数量上看是大致未变的。读书是人类的一大嗜好，它源于生命深层。看热闹的人会随着时代兴趣增加或减少一些，但真正的读书人说来说去也就那么多。这一点是很难改变的。

对于一个写作者来说，也许他不能太过担心阅读，因为这种担心最终会让他犹豫不决，最后只好折损起自己的文字来，让创作的品质出问题。这是致命的损失。通俗文学写作与诗性写作的一个很大的区别，也在于写作心理的不同：要看其是否足够顽强。这个过程往往是沉浸其中不能自拔，只面对了苛刻的自己。有人谈到文学的世界性时说过这样的话：越是民族的越是世界的；而从阅读上看，是否也可以说：越是自己的越是大众的？这样理解，或许压根就不存在一个为博得时下读者的喜欢而写作的问题了。

再说，某些所谓的"读者"喜欢什么，我们大致心里都有数。满足他们，就等于取消自己。

回避某些读者，不与其对话，这恰恰也是一部分写作者最好的状态，是确保他整个事业健康发展的一个重要条件。这种回避，才会赢得时间的检验，最终也将获得最多的阅读。

写作者只专注于品质

写作者本人并不看重作品的长与短,只会专注于它的品质。"最长"与否显然是不重要的。

写给那些不愿放弃思想的人,不甘被物欲之潮和娱乐之潮淹没过顶的人。这是一本记忆的书、追究和想象的书。

三十九卷,即是三十九个相对完整的故事段落,读者可以任意读取。十个单元,是十个大的结构部分,都可以单独把握。至于它们怎样镶嵌为一部四百五十万字的长河小说,那基本上是作者的事;当然也会有一部分耐心通读全书的人,那将沉浸到一个极其复杂的世界中去。

它现在只是作为一个文学现象而引人关注。但它终将迎来品质上的判断。

写到了一只动物的泣哭

创作的目标会有的，茫无目的的写作也许并不存在。不过这目标倒也不一定特别清晰。太过清晰了也会有问题。写作有时真的是一次迷狂、沉浸和感动，方向问题只会搅在其中——这时候的方向才是文学的方向，而不是功利的、逻辑清楚的、很具体的方向。比如说写作中，写到了一只动物的泣哭——它的哭让人感动，可是真的不知道它泣哭的全部原因……

但盘桓在心中的目标是有的，比如我想借助它恢复一些人的记忆，想唤起向上的积极的情感，还想让特别自私的现代人能够多少牵挂一下他人，即不忘他人的苦难……这都是很难的、很高远的目标，所以才应该不懈地做下去，一做二十多年。这个过程也会教育自己、反省自己。

人与自然的紧张关系摆在那里

"自然生态环保文学"这个概念,作者几乎没有想过。因为文学在这里就是文学,它们不会从题材上区分得这么清楚。作家关心的主要是人性,是生命中激越的诗意。是社会的不公平,苦难和爱情,是这些。有人甚至不赞成"儿童文学"这样的概念,认为文学就是文学——写到了儿童,必然会有合乎儿童特征的另一种处理,还会考虑到儿童的接受,而不是让其从文学之中独立出来。儿童文学的概念尚且如此,其他的划分就更不得当了。当然这丝毫不影响研究专家去分类和分析。

现在的实情是,人与自然的紧张关系就摆在那里了,这是无可回避的,所有人、所有作家都会深刻地处于这种关系之中。

看重具体和眼前的一些善举

利用各种机会，以各种方式走了几十年，除了大片的乡村城市，还有西方、东方包括拉美地区。特意划定了一个大的区域，想把这个区域内的一村一镇都细细地走上一遍。这对作者有多重要，以后也许会认识得更清楚。整个过程给人印象最深刻的，还是生活的不平等、是贫穷和苦难对人的折磨。随着走下去，我越来越不相信对于未来的一些许诺了，反而对具体的善举，眼前的一些善举，倒是越来越相信和看重，觉得有意义。在这方面，我可能变得目光短浅了。

还收集了一些散落在乡间的一些旧闻、传说故事、民谣等，所谓的民间文学。这也算是好好地补了一课。这些对以后的创作会有更大的帮助。

总有一天会把这个故事讲完

以前曾经让部分朋友埋怨过,他们刚开始看了稿子就说:又是葡萄园!但他们渐渐知道我在做这样一个大的工作,知道总有一天会把这个故事讲完,那时就不会总是提到这个烦人的"葡萄园"了。而当时还不行,那时还得忍受,如果他们还愿看下去的话。"葡萄园"写完了,他们终于知道,这原来不是一个乌托邦,而是一个现代悲剧。

现在,这个关于葡萄园、关于行走的长长的故事讲完了。然后会开始新的工作。二十多年,积了多少灼烫的故事,它们一直压在心里。可是当时不能写,大多故事还不能写,因为要集中精力,先把这部长长的书写完。事到如今,终于可以从容地开始另一种工作了——就这点来说,《你在高原》更像是一道大坎、一扇大门,它翻过了、打开了,才能从这里出发,走向自己的远处了。

内心激动化进了日常劳作

写作中没有什么太多的艰苦，留在记忆里的愉悦更多。因为劳动量大，拖得时间长，有时也少不得寻一些安静和较少打扰的地方集中工作。但这些文字主要还是在市区写下来的，在这里大致遵守着正常的作息时间，即像"上班族"一样阅读和写作。

任何一个作者内心深处的激动，大半都是化进了平凡的日常劳作里。一些劳动量的积累，也一定会在这种"庸庸碌碌"之中吧。

（2010年3月—2010年5月，文学访谈辑录）